Né à Paris en 1966, David Diop a grandi au Sénégal. Il est actuellement maître de conférences à l'université de Pau. Il a reçu le prix Goncourt des lycéens 2018 pour *Frère d'âme*.

David Diop

FRÈRE D'ÂME

ROMAN

Éditions du Seuil

TEXTE INTÉGRAL

Pour les citations en exergue :
Pascal Quignard, *Mourir et penser*,
© Éditions Grasset & Fasquelle, 2014, p. 102
Cheikh Hamidou Kane, *L'Aventure ambiguë*,
© Éditions Julliard, 1961, p. 190
David Diop est représenté par SFSG Agency

ISBN 978-2-7578-7596-4
(ISBN 978-2-02-139824-3, 1ʳᵉ publication)

© Éditions du Seuil, 2018

À ma première lectrice, mon épouse,
aux yeux baignés de lumière lucide ;
trois pépites noires sourient dans tes iris.
À mes enfants comme les doigts d'une main.
À mes parents, passeurs de vie métisse.

« Nous nous embrassions par nos noms. »
MONTAIGNE,
« De l'amitié », *Essais*, Livre 1

« Qui pense trahit. »
PASCAL QUIGNARD, *Mourir de penser*

« Je suis deux voix simultanées. L'une s'éloigne et l'autre croît. »
CHEIKH HAMIDOU KANE,
L'Aventure ambiguë

I

– … je sais, j'ai compris, je n'aurais pas dû. Moi, Alfa Ndiaye, fils du très vieil homme, j'ai compris, je n'aurais pas dû. Par la vérité de Dieu, maintenant je sais. Mes pensées n'appartiennent qu'à moi, je peux penser ce que je veux. Mais je ne parlerai pas. Tous ceux à qui j'aurais pu dire mes pensées secrètes, tous mes frères d'armes qui seront repartis défigurés, estropiés, éventrés, tels que Dieu aura honte de les voir arriver dans son Paradis ou le Diable se réjouira de les accueillir dans son Enfer, n'auront pas su qui je suis vraiment. Les survivants n'en sauront rien, mon vieux père n'en saura rien et ma mère, si elle est toujours de ce monde, ne devinera pas. Le poids de la honte ne s'ajoutera pas à celui de ma mort. Ils ne s'imagineront pas ce que j'ai pensé, ce que j'ai fait, jusqu'où la guerre m'a conduit. Par la vérité de Dieu, l'honneur de la famille sera sauf, l'honneur de façade.

Je sais, j'ai compris, je n'aurais pas dû. Dans le monde d'avant, je n'aurais pas osé, mais dans le monde d'aujourd'hui, par la vérité de Dieu, je me suis permis l'impensable. Aucune voix ne s'est élevée dans ma tête pour me l'interdire : les voix de mes ancêtres, celles de mes parents se sont tues quand j'ai pensé faire ce que j'ai fini par faire. Je sais maintenant, je te jure que j'ai tout compris quand j'ai pensé que je pouvais tout penser. C'est venu comme ça, sans s'annoncer, ça m'est tombé sur la tête brutalement comme un gros grain de guerre du ciel métallique, le jour où Mademba Diop est mort.

Ah ! Mademba Diop, mon plus que frère, a mis trop de temps à mourir. Ça a été très, très difficile, ça n'en finissait pas, du matin aux aurores, au soir, les tripes à l'air, le dedans dehors, comme un mouton dépecé par le boucher rituel après son sacrifice. Lui, Mademba, n'était pas encore mort qu'il avait déjà le dedans du corps dehors. Pendant que les autres s'étaient réfugiés dans les plaies béantes de la terre qu'on appelle les tranchées, moi je suis resté près de Mademba, allongé contre lui, ma main droite dans sa main gauche, à regarder le ciel bleu froid sillonné de métal. Trois fois il m'a demandé de l'achever, trois fois j'ai refusé. C'était avant, avant de m'autoriser à tout penser. Si j'avais été alors tel que je suis devenu aujourd'hui, je l'aurais tué la première fois qu'il me l'a demandé, sa tête tournée vers moi, sa main gauche dans ma main droite.

Par la vérité de Dieu, si j'étais déjà devenu celui que je suis maintenant, je l'aurais égorgé comme un mouton de sacrifice, par amitié. Mais j'ai pensé à mon vieux père, à ma mère, à la voix intérieure qui ordonne, et je n'ai pas su couper le fil barbelé de ses souffrances. Je n'ai pas été humain avec Mademba, mon plus que frère, mon ami d'enfance. J'ai laissé le devoir dicter mon choix. Je ne lui ai offert que des mauvaises pensées, des pensées commandées par le devoir, des pensées recommandées par le respect des lois humaines, et je n'ai pas été humain.

Par la vérité de Dieu, j'ai laissé Mademba pleurer comme un petit enfant, la troisième fois qu'il me suppliait de l'achever, faisant sous lui, la main droite tâtonnant la terre pour rassembler ses boyaux éparpillés, gluants comme des couleuvres d'eau douce. Il m'a dit : « Par la grâce de Dieu et par celle de notre grand marabout, si tu es mon frère, Alfa, si tu es vraiment celui que je pense, égorge-moi comme un mouton de sacrifice, ne laisse pas le museau de la mort dévorer mon corps ! Ne m'abandonne pas à toute cette saleté. Alfa Ndiaye… Alfa… je t'en supplie… égorge-moi ! »

Mais justement parce qu'il m'a parlé de notre grand marabout, justement, pour ne pas contrevenir aux lois humaines, aux lois de nos ancêtres, je n'ai pas été humain et j'ai laissé Mademba, mon plus que frère, mon ami d'enfance, mourir les yeux pleins de larmes, la main tremblante, occupée à chercher dans la boue du champ de bataille ses entrailles pour les ramener à son ventre ouvert.

Ah, Mademba Diop ! ce n'est que quand tu t'es éteint que j'ai vraiment commencé à penser. Ce n'est qu'à ta mort, au crépuscule, que j'ai su, j'ai compris que je n'écouterais plus la voix du devoir, la voix qui ordonne, la voix qui impose la voie. Mais c'était trop tard.

Quand tu es mort, les mains enfin immobiles, enfin apaisé, enfin sauvé de la sale souffrance par ton dernier souffle, j'ai seulement pensé que je n'aurais pas dû attendre. J'ai compris trop tard d'un souffle que j'aurais dû t'égorger dès que tu me l'as demandé, alors que tu avais encore les yeux secs et la main gauche serrée dans la mienne. Je n'aurais pas dû te laisser souffrir comme un vieux lion solitaire, dévoré vivant par des hyènes, le dedans dehors. Je t'ai laissé me supplier pour de mauvaises raisons, des pensées toutes faites, trop bien habillées pour être honnêtes.

Ah, Mademba ! comme j'ai regretté de ne pas t'avoir tué dès le matin de la bataille alors que tu me le demandais encore gentiment, amicalement, un sourire dans la voix ! T'égorger à ce moment-là aurait été la dernière bonne plaisanterie que j'aurais pu te faire dans la vie, une façon de rester amis pour l'éternité. Mais au lieu de m'exécuter, je t'ai laissé mourir en m'insultant, pleurant, bavant, hurlant, chiant sous toi comme un enfant fou. Au nom de je ne sais quelles lois humaines, je t'ai abandonné à ton sort misérable. Peut-être pour sauver mon âme, peut-être pour rester tel que ceux qui m'ont élevé ont voulu que je sois devant Dieu et devant les hommes. Mais devant toi, Mademba, je n'ai pas été capable d'être un homme. Je t'ai laissé me maudire, mon ami, toi, mon plus que frère, je t'ai laissé hurler, blasphémer, parce que je ne savais pas encore penser par moi-même.

Mais aussitôt que tu es mort dans un râle, au milieu de tes boyaux à l'air libre, mon ami, mon plus que frère, aussitôt que tu es mort, j'ai su, j'ai compris que je n'aurais pas dû t'abandonner.

J'ai attendu un peu, allongé près de tes restes à regarder passer dans le ciel du soir, bleu profondément bleu, la queue étincelante des dernières balles traçantes. Et dès que le silence s'est posé sur le champ de bataille baigné dans le sang, j'ai commencé à penser. Tu n'étais plus qu'un amas de viande morte.

J'allais faire ce que tu n'arrivais pas à faire au long du jour parce que ta main tremblait. J'ai saintement rassemblé tes entrailles encore chaudes et je les ai déposées dans ton ventre, comme dans un vase sacré. Dans la pénombre, j'ai cru te voir me sourire et j'ai décidé de te ramener chez nous. Dans le froid de la nuit, j'ai enlevé le haut de mon uniforme et ma chemise aussi. J'ai passé ma chemise sous ton corps et j'en ai serré les manches sur ton ventre, un double nœud très, très serré qui s'est taché de ton sang noir. Je t'ai pris à bras-le-corps et je t'ai ramené à la tranchée. Je t'ai porté dans mes bras comme un enfant, mon plus que frère, mon ami, et j'ai marché et marché encore dans la boue, dans les crevasses creusées par les obus, remplies d'eau salement sanguinolente, dérangeant les rats sortis de leurs souterrains pour se nourrir de chairs humaines. Et en te portant dans mes bras, j'ai commencé à penser par moi-même, en te demandant pardon. J'ai su, j'ai compris trop tard ce que j'aurais dû faire quand tu me le demandais les yeux secs, comme on demande un service à son ami d'enfance, comme un dû, sans cérémonie, gentiment. Pardon.

II

J'ai marché longtemps dans les crevasses, portant dans mes bras Mademba lourd comme un enfant endormi. Cible ignorée des ennemis, j'étais englué sous la lumière de la pleine lune et je suis arrivé au trou béant de notre tranchée. Et, vue de loin, notre tranchée m'est apparue comme les deux lèvres entrouvertes du sexe d'une femme immense. Une femme ouverte, offerte à la guerre, aux obus et à nous, les soldats. C'est la première chose inavouable que je me suis permis de penser. Avant la mort de Mademba, je n'aurais jamais osé imaginer une chose pareille, me dire à moi-même que je voyais la tranchée comme un sexe féminin démesuré qui allait nous accueillir, Mademba et moi. Le dedans de la terre était dehors, le dedans de mon esprit était dehors, et j'ai su, j'ai compris que je pouvais penser tout ce que je voulais à condition que les autres n'en sachent rien. J'ai alors renfermé mes pensées dans le dedans de ma tête après les avoir observées de très près. Étranges.

Ils m'ont accueilli dans le ventre de la terre comme un héros. J'avais marché sous la lune claire, étreignant Mademba, sans voir qu'un long ruban de son intestin avait échappé au nœud de ma chemise serré autour de sa taille. Quand ils ont vu le désastre humain que je portais dans mes bras, ils ont dit que j'étais courageux et fort. Ils ont dit qu'ils n'auraient pas pu. Que peut-être ils auraient abandonné Mademba Diop aux rats, qu'ils n'auraient pas osé saintement rassembler ses entrailles dans le vase sacré de son corps. Ils ont dit qu'ils ne l'auraient pas porté sur une si longue distance sous un clair de lune aussi éclatant au vu et au su des ennemis. Ils ont dit que je méritais une médaille, que je serais croix de guerre, que ma famille serait fière de moi, que Mademba qui me regardait du ciel serait fier de moi. Même Mangin notre général serait fier de moi. Et j'ai alors pensé que la médaille m'était égal, mais que personne ne le saurait. Personne ne saurait non plus que Mademba m'avait supplié trois fois de l'achever, que j'étais resté sourd à ses trois supplications, que j'avais été inhumain par obéissance aux voix du devoir. Mais j'étais devenu libre de ne plus les écouter, de ne plus obéir à ces voix qui commandent de ne pas être humain quand il le faudrait.

III

Dans la tranchée, je vivais comme les autres, je buvais, je mangeais comme les autres. Je chantais parfois comme les autres. Je chante faux et tout le monde rit quand je chante. Ils me disaient : « Vous les Ndiaye, vous ne savez pas chanter. » Ils se moquaient un peu de moi, mais ils me respectaient. Ils ne savaient pas ce que je pensais d'eux. Je les trouvais bêtes, je les trouvais idiots parce qu'ils ne pensent à rien. Soldats blancs ou noirs, ils disent toujours « oui ». Quand on leur commande de sortir de la tranchée protectrice pour attaquer l'ennemi à découvert, c'est « oui ». Quand on leur dit de faire les sauvages pour faire peur à l'ennemi, c'est « oui ». Le capitaine leur a dit que les ennemis avaient peur des Nègres sauvages, des cannibales, des Zoulous, et ils ont ri. Ils sont contents que l'ennemi d'en face ait peur d'eux. Ils sont contents d'oublier leur propre peur. Alors, quand ils surgissent de la tranchée leur fusil dans la main gauche et leur coupe-coupe dans la main droite, en se projetant hors du ventre de la terre ils posent sur leur visage des yeux de fous. Le capitaine leur a dit qu'ils étaient de grands guerriers, alors ils aiment à se faire tuer en chantant, alors ils rivalisent entre eux de folie. Un Diop ne voudrait pas qu'on dise qu'il est moins courageux qu'un Ndiaye, et c'est pour ça que dès que le coup de sifflet strident du capitaine Armand le commande il sort de son trou en hurlant comme un sauvage. Même rivalité entre les Keïta et les Soumaré. Même chose entre les Diallo et les Faye, les Kane et les Thioune, les Diané, les Kourouma, les Bèye, les Fakoli, les Sall, les Dieng, les Seck, les Ka, les Cissé, les Ndour, les Touré, les Camara, les Ba, les Fall, les Couli-baly, les Sonko, les Sy, les Cissokho, les Dramé, les Traoré. Tous vont mourir sans penser parce que le capitaine Armand leur a dit : « Vous les Choco-lats d'Afrique noire, vous êtes naturellement les plus courageux parmi les courageux. La France reconnaissante vous admire. Les journaux ne parlent que de vos exploits ! » Alors ils aiment sortir ventre à terre se faire massacrer de plus belle en hurlant comme des fous furieux, le fusil réglementaire dans la main gauche et le coupe-coupe sauvage dans la main droite.

Mais moi, Alfa Ndiaye, j'ai bien compris les mots du capitaine. Personne ne sait ce que je pense, je suis libre de penser ce que je veux. Ce que je pense, c'est qu'on veut que je ne pense pas. L'impensable est caché derrière les mots du capi-taine. La France du capitaine a besoin que nous fassions les sauvages quand ça l'arrange. Elle a besoin que nous soyons sauvages parce que les ennemis ont peur de nos coupe-coupe. Je sais, j'ai compris, ce n'est pas plus compliqué que ça. La France du capitaine a besoin de notre sauvagerie et comme nous sommes obéissants, moi et les autres, nous jouons les sauvages. Nous tranchons les chairs ennemies, nous estropions, nous décapitons, nous éventrons. La seule différence entre mes camarades les Toucouleurs et les Sérères, les Bambaras et les Malinkés, les Soussous, les Haoussas, les Mossis, les Markas, les Soninkés, les Senoufos, les Bobos et les autres Wolofs, la seule différence entre eux et moi, c'est que je suis devenu sauvage par réflexion. Eux ne jouent la comédie que quand ils sortent de la terre, moi je ne joue la comédie qu'avec eux, dans la tranchée protectrice. Entre nous, je riais et même je chantais faux, mais ils me respectaient.

Dès que je sortais de la tranchée ventre à terre, dès que la tranchée m'accouchait hurlant, les enne-mis n'avaient qu'à bien se tenir. Je ne rentrais jamais quand on sonnait la retraite. Je rentrais dans la tranchée plus tard. Le capitaine le savait, il lais-sait faire, étonné que je revienne toujours vivant, toujours souriant. Il laissait faire, même quand je rentrais tard, car je rapportais des trophées dans la tranchée. Je rapportais du butin de guerre sauvage. Je rapportais toujours à la fin de la bataille, dans la nuit noire ou la nuit baignée de lune et de sang, un fusil ennemi avec la main qui allait avec. La main qui l'avait tenu, la main qui l'avait serré, la main qui l'avait nettoyé, la main qui l'avait graissé, la main qui l'avait chargé, déchargé et rechargé. Alors, quand la retraite avait sonné, le capitaine et les camarades qui étaient revenus s'enterrer vivants dans la protection humide de notre tranchée se posaient deux questions. Premièrement : « Est-ce que cet Alfa Ndiaye va rentrer vivant parmi nous ? » Deuxièmement : « Est-ce que cet Alfa Ndiaye va revenir avec un fusil et la main ennemie qui l'a tenu ? » Et je rentrais toujours dans la matrice de la terre après les autres, parfois sous le feu ennemi, qu'il vente, qu'il pleuve, qu'il neige, comme dit le capitaine. Et j'avais toujours un fusil ennemi et la main qui l'avait tenu, serré, nettoyé, graissé, la main qui l'avait chargé, déchargé et rechargé. Et le capitaine et mes camarades survivants qui se posaient chaque fois ces deux questions au soir des attaques étaient contents quand ils entendaient des coups de feu et des cris ennemis. Ils se disaient : « Tiens, voilà Alfa Ndiaye qui rentre à la maison. Mais est-ce qu'il a rapporté son fusil avec la main coupée allant avec ? » Un fusil, une main.

De retour chez nous avec mes trophées, je voyais qu'ils étaient très, très contents de moi. Ils m'avaient gardé à manger, ils m'avaient gardé des bouts de tabac. Ils étaient vraiment si heureux de me voir revenir qu'ils ne m'ont jamais demandé comment je faisais, comment j'attrapais ce fusil ennemi et cette main coupée. Ils étaient trop contents que je revienne parce qu'ils m'aimaient bien. J'étais devenu leur totem. Mes mains leur confirmaient qu'ils étaient encore vivants un jour de plus. Ils ne me demandaient jamais non plus ce que j'avais fait du reste du corps. Comment j'avais attrapé l'ennemi, ça ne les intéressait pas. Comment j'avais coupé la main non plus. Ce qui les intéressait, c'était le résultat, la sauvagerie. Et ils rigolaient avec moi en pensant que depuis le temps les ennemis d'en face devaient avoir très, très peur de se voir la main coupée. Et encore, mon capitaine et mes amis ne savaient pas comment je les attrapais et ce que je faisais du reste de leur corps sur le vif. Ils n'imaginaient même pas le quart de ce que je leur faisais, ils n'imaginaient même pas le quart de la peur des ennemis d'en face.

Quand je sors du ventre de la terre, je suis inhumain par choix, je deviens inhumain un tout petit peu. Non pas parce que le capitaine me l'a commandé, mais parce que je l'ai pensé et voulu. Quand je jaillis hurlant de la matrice de la terre, je n'ai pas l'intention de tuer beaucoup d'ennemis d'en face, mais d'en tuer un seul, à ma manière, tranquillement, posément, lentement. Quand je sors de terre, mon fusil dans la main gauche et mon coupe-coupe dans la main droite, je ne m'occupe pas beaucoup de mes camarades. Je ne les connais plus. Ils tombent autour de moi, face contre terre, un à un, et moi je cours, je tire et je me jette à plat ventre. Je cours, je tire et je rampe sous les barbelés. Peut-être qu'à force de tirer j'ai tué un ennemi par hasard, sans vraiment le vouloir. Peut-être. Mais ce que je veux, moi, c'est le corps-à-corps. C'est pour ça que je cours, je tire, je me jette à plat ventre et je rampe pour arriver au plus près de l'ennemi d'en face. En vue de leur tranchée, je ne fais plus que ramper, puis, peu à peu, je ne bouge presque plus. Je fais le mort. J'attends tranquillement pour en attraper un. J'attends qu'il en sorte un de son trou. J'attends la trêve du soir, le relâchement, la fin des tirs.

Il en sort toujours un du trou d'obus où il s'est réfugié pour retourner à sa tranchée, vers le soir, quand plus personne ne tire. Alors, avec mon coupe-coupe, je lui coupe le jarret. C'est facile, il croit que je suis mort. L'ennemi d'en face ne me voit pas, cadavre parmi les cadavres. Pour lui, je reviens d'entre les morts pour le tuer. Alors l'ennemi d'en face a si peur qu'il ne crie pas quand je lui tranche le jarret. Il s'écroule, c'est tout. Alors je le désarme, puis je le bâillonne. Je lui attache les mains dans le dos.

Parfois, c'est facile. Parfois, c'est plus difficile. Certains ne se laissent pas faire. Certains ne veulent pas croire qu'ils vont mourir, certains se débattent. Alors je les assomme sans bruit parce que je n'ai que vingt ans et que je suis, comme dit le capitaine, une force de la nature. Puis je les attrape soit par une manche de leur uniforme, soit par une botte, et je les tire tout doucement en rampant dans la terre à personne, comme dit le capitaine, entre les deux grandes tranchées, dans les trous d'obus, dans les flaques de sang. Qu'il vente, qu'il pleuve ou qu'il neige, comme dit le capitaine, j'attends qu'il se réveille, j'attends patiemment que l'ennemi d'en face se réveille si je l'ai assommé. Sinon, si celui que j'ai tiré dans le trou d'obus s'est laissé faire pensant me tromper, j'attends de reprendre mon souffle. J'attends que nous nous calmions tous les deux ensemble. En attendant, je lui souris à la lumière de la lune et des étoiles, pour qu'il ne s'agite pas trop. Mais quand je lui souris, je sens qu'il se demande dans sa tête : « Mais qu'est-ce que ce sauvage me veut ? Qu'est-ce qu'il veut faire de moi ? Est-ce qu'il veut me manger ? Est-ce qu'il veut me violer ? » Je suis libre d'imaginer ce que pense l'ennemi d'en face parce que je sais, j'ai compris. En observant les yeux bleus de l'ennemi, je vois souvent la peur panique de la mort, de la sauvagerie, du viol, de l'anthropophagie. Je vois dans ses yeux ce qu'on lui a dit de moi et ce qu'il a cru sans m'avoir rencontré auparavant. Je pense qu'en me voyant le regarder en souriant il se dit qu'on ne lui a pas menti, qu'avec mes dents blanches dans la nuit, avec ou sans lune, je vais le dévorer vivant, ou lui faire pire encore.

Le terrible est quand, une fois que j'ai repris mon souffle, je déshabille l'ennemi d'en face. Quand je déboutonne le haut de son uniforme, là je vois les yeux bleus de l'ennemi s'embuer. Là je sens qu'il a peur du pire. Qu'il soit courageux ou affolé, brave ou pleutre, au moment où je déboutonne son uniforme, puis sa chemise, pour dénuder son ventre tout blanc sous le clair de lune ou sous la pluie, ou sous la neige qui tombe doucement, là je sens les yeux de l'ennemi d'en face s'éteindre un peu. Tous pareils, les grands, les petits, les gros, les courageux, les pleutres, les fiers, quand ils me voient regarder leur ventre blanc palpitant, leur regard s'éteint. Tous pareils.

Alors je me recueille un peu et je pense à Mademba Diop. Et chaque fois dans ma tête je l'entends me supplier de l'égorger et je pense que j'ai été inhumain

25

de le laisser me supplier trois fois. Je pense que cette fois-ci je serai humain, je n'attendrai pas pour ache-ver mon ennemi d'en face qu'il me supplie trois fois. Ce que je n'ai pas fait pour mon ami, je le ferai pour mon ennemi. Par humanité.

Quand ils voient que je saisis mon coupe-coupe, les yeux bleus de l'ennemi d'en face s'éteignent définitivement. La première fois, l'ennemi d'en face m'a donné un coup de pied avant de tenter de se relever pour fuir. Depuis lors, je prends soin de ligo-ter les chevilles de l'ennemi d'en face. Et c'est pour-quoi, dès que j'ai mon coupe-coupe dans la main droite, l'ennemi d'en face gigote comme un fou furieux, pensant pouvoir m'échapper. C'est impos-sible. L'ennemi d'en face devrait savoir qu'il ne peut plus m'échapper tellement ses liens sont serrés, mais il espère encore. Je le lis dans ses yeux bleus comme je l'ai lu dans les yeux noirs de Mademba Diop, l'espoir que j'abrégerai ses souffrances.

Son ventre blanc est dénudé, il se soulève et des-cend par saccades. L'ennemi d'en face halète et hurle soudain en grand silence grâce au bâillon bien serré par moi qui lui obstrue la bouche. Il hurle en grand silence quand je prends tout son dedans du ventre pour le mettre dehors à la pluie, au vent, à la neige ou au clair de lune. Si à ce moment-là ses yeux bleus ne s'éteignent pas à jamais, alors je m'allonge près de lui, je tourne son visage vers le mien et je le regarde mourir un peu, puis je l'égorge, proprement, humainement. La nuit, tous les sangs sont noirs.

IV

Par la vérité de Dieu, le jour de sa mort, je n'ai pas mis de temps à retrouver Mademba Diop éventré sur le champ de bataille. Je sais, j'ai compris ce qui s'était passé. Mademba me l'a raconté alors que ses mains ne tremblaient pas encore, alors qu'il me demandait encore gentiment, amicalement, de l'achever.

Il était en pleine attaque de l'ennemi d'en face, le fusil dans la main gauche et le coupe-coupe dans la main droite, il était en pleine action, en pleine comédie de sauvagerie, quand il est tombé sur un ennemi d'en face qui faisait le mort. Il s'est penché pour le regarder, comme ça en passant, avant d'aller plus avant. Il s'est arrêté pour regarder l'ennemi mort qui faisait semblant. Il l'a dévisagé parce qu'il avait quand même des doutes. Un court instant. Le visage de l'ennemi d'en face n'était pas gris comme celui des morts blancs ou noirs. Celui-là avait l'air de jouer la comédie de la mort. Pas de quartier, il fallait l'achever au coupe-coupe, avait pensé Mademba. Il ne fallait pas être négligent. Cet ennemi d'en face à demi mort, il devait le retuer par précaution, pour ne pas avoir à regretter qu'un frère d'armes, qu'un camarade passant par le même chemin, reçoive un mauvais coup.

Pendant qu'il pense à ses frères d'armes, à ses camarades, qu'il faut sauver de l'ennemi à demi mort, pendant qu'il prévoit le mauvais coup porté à d'autres que lui, à moi peut-être, son plus que frère, qui le suis d'assez près, pendant qu'il se dit qu'il faut être vigilant pour les autres, il ne l'est pas pour lui-même. Mademba m'a raconté gentiment, amicalement, souriant encore, que l'ennemi a ouvert grand ses yeux avant de lui déchirer le ventre de bas en haut, d'un geste sec, avec sa baïonnette qu'il tenait cachée dans sa main droite sous un pan de son grand manteau. Mademba, tout souriant encore du coup que l'ennemi à demi mort lui avait fait, m'a raconté calmement qu'il n'avait rien pu faire. Il me l'a raconté au début, pendant qu'il ne souffrait pas trop, peu avant sa première supplication amicale de l'achever. Sa première supplication adressée à moi, son plus que frère, Alfa Ndiaye, dernier fils du vieil homme.

Avant que Mademba ait pu réagir, avant qu'il ait pu se venger, l'ennemi, qui avait encore de beaux restes de vie, s'était enfui vers ses lignes. Entre sa première et sa deuxième supplication, j'ai demandé à Mademba de me décrire l'ennemi d'en face qui l'avait étripé. « Il a les yeux bleus », m'a murmuré Mademba, comme j'étais allongé à ses côtés à regarder le ciel cisaillé de métal. J'ai insisté. « Par la vérité de Dieu, tout ce que je peux te dire, c'est qu'il a les yeux bleus. » J'ai insisté encore et encore.

« Est-il grand, est-il petit ? Est-il beau, est-il laid ? »
Et Mademba Diop m'a chaque fois répondu que ce
n'était pas l'ennemi d'en face que je devais tuer,
que c'était trop tard, que l'ennemi avait eu sa chance
de survie. Celui qu'il fallait désormais que je retue,
que j'achève, c'était lui, Mademba.

Mais par la vérité de Dieu, je n'ai pas vraiment
écouté Mademba, mon ami d'enfance, mon plus
que frère. Par la vérité de Dieu, je n'ai pensé qu'à
étriper l'ennemi aux yeux bleus, le demi-mort. Je
n'ai pensé qu'à éventrer l'ennemi d'en face et j'ai
négligé mon Mademba Diop à moi. J'ai écouté la
voix de la vengeance. J'ai été inhumain dès la
deuxième supplication de Mademba Diop qui me
disait : « Oublie l'ennemi aux yeux bleus. Tue-moi
maintenant parce que je souffre trop. Nous sommes
de la même classe d'âge, nous avons été circoncis
le même jour. Tu as vécu chez moi, j'ai grandi sous
tes yeux, tu as grandi sous les miens. Alors tu peux
te moquer de moi, je peux pleurer devant toi. Je
peux tout te demander. Nous sommes plus que
frères puisque nous nous sommes choisis comme
frères. S'il te plaît, Alfa, ne me laisse pas mourir
comme ça, les tripes à l'air, le ventre dévoré par la
douleur qui mord. Je ne sais pas s'il est grand, s'il
est petit, s'il est beau ou s'il est laid, l'ennemi aux
yeux bleus. Je ne sais pas s'il est jeune comme nous
ou s'il a l'âge de nos pères. Il a eu sa chance, il
s'est sauvé. Il n'est plus important maintenant. Si
tu es mon frère, mon ami d'enfance, si tu es celui
que j'ai toujours connu, que j'aime comme j'aime
ma mère et mon père, alors je te supplie une

deuxième fois de m'égorger. Ça t'amuse de m'entendre geindre comme un petit garçon ? De regarder fuir ma dignité honteuse de moi ? »

Mais j'ai refusé. Ah ! J'ai refusé. Pardon, Mademba Diop, pardon, mon ami, mon plus que frère, de ne pas t'avoir écouté avec le cœur. J'ai su, j'ai compris, je n'aurais pas dû tourner mon esprit vers l'ennemi d'en face aux yeux bleus. Je sais, j'ai compris, je n'aurais pas dû penser à ce qui réclamait vengeance dans ma tête labourée par tes pleurs, ensemencée par tes cris, alors que tu n'étais même pas encore mort. Et puis j'ai entendu une voix puissante et imposante qui m'a forcé à ignorer tes souffrances : « N'achève pas ton meilleur ami, ton plus que frère. Ce n'est pas à toi de lui ôter la vie. Ne te prends pas pour la main de Dieu. Ne te prends pas pour la main du Diable. Alfa Ndiaye, pourras-tu te présenter devant le père et la mère de Mademba sachant que c'est toi qui l'auras achevé, que c'est toi qui auras fini le travail de l'ennemi aux yeux bleus ? »

Non, je sais, j'ai compris, je n'aurais pas dû écouter cette voix explosant dans ma tête. J'aurais dû la faire taire pendant qu'il était encore temps. J'aurais déjà dû commencer à penser par moi-même. J'aurais dû, Mademba, t'achever par amitié pour que tu cesses de pleurer, de gigoter, de te tortiller tâchant de faire rentrer au-dedans de ton ventre ce qui en était sorti, aspirant l'air comme un poisson tout juste pêché.

V

Par la vérité de Dieu, j'ai été inhumain. Je n'ai pas écouté mon ami, j'ai écouté mon ennemi. Alors, quand j'attrape l'ennemi d'en face, quand je lis dans ses yeux bleus les hurlements que sa bouche ne peut pas lancer au ciel de la guerre, quand son ventre ouvert n'est plus qu'une bouillie de chair crue, je rattrape le temps perdu, j'achève l'ennemi. Dès sa seconde supplication des yeux, je lui tranche la gorge comme aux moutons de sacrifice. Ce que je n'ai pas fait pour Mademba Diop, je le fais pour mon ennemi aux yeux bleus. Par humanité retrouvée.

Et puis je lui prends son fusil après lui avoir coupé la main droite au coupe-coupe. C'est long et très, très difficile. Quand je rentre chez nous en rampant, passant sous les barbelés, les piques de bois hérissant la boue gluante, quand je retourne à notre tranchée ouverte comme une femme à la face du ciel, je suis couvert du sang de l'ennemi d'en face. Je suis comme une statue de boue et de sang mêlés et je pue tellement que même les rats me fuient.

Mon odeur est celle de la mort. La mort a l'odeur du dedans du corps projeté hors du vase sacré. À l'air libre, le dedans du corps de tout être humain ou animal se corrompt. De l'homme le plus riche au plus pauvre, de la femme la plus belle à la plus laide, de l'animal le plus sage au plus sot, du plus puissant au plus faible. La mort, c'est l'odeur décomposée du dedans du corps, et même les rats prennent peur quand ils me sentent arriver rampant sous les barbelés. Ils redoutent de voir la mort bouger, s'avancer vers eux, alors ils me fuient. Ils me fuient aussi chez nous dans la tranchée, même quand je lave mon corps et mes habits, même quand je crois me purifier.

VI

Mes camarades, mes amis de guerre ont commencé à me craindre dès la quatrième main. Au début, ils ont ri de bon cœur avec moi, ils se sont amusés de me voir revenir chez nous avec un fusil et une main ennemie. Ils ont même été si contents de moi qu'ils ont pensé me donner une autre médaille. Mais au bout de la quatrième main ennemie ils n'ont plus ri franchement. Les soldats blancs ont commencé à se dire, je l'ai lu dans leurs yeux : « Ce Chocolat est bien bizarre. » Les autres, soldats chocolats d'Afrique de l'Ouest comme moi, ont commencé à se dire, et je l'ai lu aussi dans leurs yeux : « Cet Alfa Ndiaye du village de Gandiol près de Saint-Louis du Sénégal est bizarre. Depuis quand est-il si bizarre ? »

Les Toubabs et les Chocolats, comme dit le capitaine, ont continué à me taper dans le dos mais leurs rires et leurs sourires ont changé. Ils ont commencé à avoir très, très, très peur de moi. Ils ont commencé à chuchoter dès la quatrième main ennemie.

Les trois premières mains j'étais légendaire, ils me fêtaient à mon retour, me donnaient à manger de bons morceaux, m'offraient du tabac, m'aidaient à me laver à grands seaux d'eau, à nettoyer mes habits de guerre. Je lisais de la reconnaissance dans leurs yeux. Je jouais à leur place le sauvage exagéré, le sauvage en service commandé. L'ennemi d'en face devait trembler dans ses bottes et sous son casque.

Au début, mes amis de guerre ne se souciaient pas de mon odeur de mort, de mon odeur de boucher de chair humaine, mais à partir de la quatrième main ils ont commencé à ne plus me sentir. Ils ont continué à me donner de bons morceaux, à m'offrir à fumer des bouts de tabac récoltés ici ou là, à me prêter une couverture pour me réchauffer, mais en posant un masque de sourire sur leurs visages de soldats épouvantés. Ils ne m'ont plus aidé à me laver à grands seaux. Ils m'ont laissé nettoyer mes habits de guerre moi-même. Tout à coup, plus personne ne m'a tapé sur l'épaule en rigolant. Par la vérité de Dieu, je suis devenu intouchable.

Alors, ils m'ont réservé une gamelle, un pot, une fourchette et une cuillère qu'on me laissait dans un coin de la cagna. Quand je rentrais très tard le soir des jours d'attaque, longtemps après les autres, qu'il vente, qu'il pleuve ou qu'il neige, comme dit le capitaine, le cuistot me demandait d'aller les chercher. Quand il me servait la soupe, il faisait très, très attention que sa louche ne touche ni le fond, ni les bords, ni le rebord de ma gamelle.

La rumeur a couru. Elle a couru tout en se déshabillant. Petit à petit, elle est devenue impudique. Bien vêtue au départ, bien décorée au départ, bien costumée, bien médaillée, la rumeur effrontée a fini par courir les fesses à l'air. Je ne l'ai pas remarquée tout de suite, je ne la distinguais pas bien, je ne savais pas ce qu'elle complotait. Tout le monde la voyait courir devant soi, mais personne ne me la décrivait vraiment. Mais j'ai enfin surpris des paroles chuchotées et j'ai su que le bizarre était devenu le fou, puis que le fou était devenu le sorcier. Soldat sorcier.

Qu'on ne me raconte pas qu'on n'a pas besoin de fous sur le champ de bataille. Par la vérité de Dieu, le fou n'a peur de rien. Les autres, Blancs ou Noirs, jouent les fous, jouent la comédie de la folie furieuse pour pouvoir se jeter tranquillement sous les balles de l'ennemi d'en face. Ça leur permet de courir au-devant de la mort sans trop avoir peur. Il faut bien être fou pour obéir au capitaine Armand quand il siffle l'attaque sachant qu'il n'y a presque aucune chance de revenir vivant chez nous. Par la vérité de Dieu, il faut être fou pour s'extraire hurlant comme un sauvage du ventre de la terre. Les balles de l'ennemi d'en face, les gros grains tombant du ciel de métal, n'ont pas peur des hurlements, elles n'ont pas peur de traverser les têtes, les chairs et de casser les os et de couper les vies. La folie temporaire permet d'oublier la vérité des balles. La folie temporaire est la sœur du courage à la guerre.

Mais quand on donne l'impression d'être fou tout le temps, en continu, sans arrêt, alors là on fait peur, même à ses amis de guerre. Alors là on commence à ne plus être le frère courage, le trompe-la-mort, mais bien l'ami véritable de la mort, son complice, son plus que frère.

VII

Pour tous, soldats noirs et blancs, je suis devenu la mort. Je le sais, je l'ai compris. Qu'ils soient soldats toubabs ou soldats chocolats comme moi, ils pensent que je suis un sorcier, un dévoreur du dedans des gens, un *dëmm*. Que je le suis depuis toujours, mais que la guerre l'a révélé. La rumeur toute nue a prétendu que j'avais mangé le dedans de Mademba Diop, mon plus que frère, avant même sa mort. La rumeur effrontée a dit qu'il fallait se méfier dc moi. La rumeur fesses à l'air a dit que je dévorais le dedans des ennemis d'en face, mais aussi le dedans des amis. La rumeur impudique a dit : « Attention, prudence. Que fait-il des mains coupées ? Il nous les montre et ensuite elles disparaissent. Attention, prudence. »

Par la vérité de Dieu, j'ai vu, moi Alfa Ndiaye, dernier fils du vieil homme, j'ai vu la rumeur me courir après, demi-nue, éhontée, comme une fille de mauvaise vie. Pourtant les Toubabs et les Chocolats qui voyaient la rumeur courir après moi, qui lui enlevaient son pagne au passage, qui lui pinçaient les fesses en ricanant, ont continué à me sourire, à me parler comme si de rien n'était, aimables à l'extérieur, mais terrorisés à l'intérieur, même les plus rudes, même les plus durs, même les plus courageux.

Quand le capitaine s'apprêtait à siffler la sortie du ventre de la terre pour qu'on se jette comme des sauvages, fous temporaires, sous les petites graines de fer ennemies qui se foutent de nos hurlements, plus personne ne voulait se placer à côté de moi. Plus personne n'osait me coudoyer dans le fracas de la guerre au sortir des entrailles chaudes de la terre. Plus personne n'a supporté de tomber sous les balles d'en face près de moi. Par la vérité de Dieu, je suis resté seul dans la guerre.

C'est ainsi que les mains ennemies après la quatrième m'ont valu la solitude. La solitude au milieu des sourires, des clins d'œil, des encouragements de mes camarades soldats noirs ou blancs. Par la vérité de Dieu, ils ne souhaitaient pas s'attirer le mauvais œil du soldat sorcier, la poisse du copain de la mort. Je le sais, je l'ai compris. Ils ne pensent pas beaucoup, mais il est certain qu'ils pensent que toute chose est double. Je l'ai lu dans leurs yeux. Ils pensent que les dévoreurs du dedans des hommes sont bons quand ils se contentent de dévorer le dedans des ennemis. Mais les dévoreurs d'âmes ne sont pas bons quand ils mangent le dedans des amis de guerre. Avec les soldats sorciers on ne sait jamais. Ils pensent qu'il faut être très, très prudent avec les soldats sorciers, les ménager, leur sourire, leur parler de choses et d'autres gentiment, mais de loin, ne jamais les approcher, les toucher, les frôler, sinon c'est la mort assurée, sinon c'est la fin.

C'est pourquoi, depuis quelques mains, quand le capitaine Armand sifflait l'attaque, ils se plaçaient à dix grands pas de part et d'autre de moi. Certains, juste avant de sortir en hurlant des entrailles chaudes de la terre, évitaient même de me voir, de poser leurs yeux sur moi, de m'effleurer du regard, comme si me regarder c'était toucher avec les yeux le visage, les bras, les mains, le dos, les oreilles, les jambes de la mort. Comme si me regarder c'était déjà mourir.

L'être humain cherche toujours des responsabilités absurdes aux faits. C'est comme ça. C'est plus simple. Je le sais, je l'ai compris, à présent que je peux penser ce que je veux. Mes camarades de combat, Blancs et Noirs, ont besoin de croire que ce n'est pas la guerre qui risque de les tuer, mais le mauvais œil. Ils ont besoin de croire que ce n'est pas une des milliers de balles tirées par les ennemis d'en face qui les tuera par hasard. Ils n'aiment pas le hasard. Le hasard est trop absurde. Ils veulent un responsable, ils préfèrent penser que la balle ennemie qui les atteindra est dirigée, guidée par quelqu'un de méchant, de mauvais, de malintentionné. Ils croient que ce méchant, ce mauvais, ce malintentionné, c'est moi. Par la vérité de Dieu, ils pensent mal et très peu. Ils pensent que si je suis vivant après toutes ces attaques, si aucune balle ne m'a touché, c'est parce que je suis un soldat sorcier. Ils pensent à mal aussi. Ils disent que beaucoup de copains de guerre sont morts à cause de moi, pour avoir reçu des balles qui m'étaient destinées.

C'est pour ça que certains me souriaient hypocritement. C'est pour ça que d'autres détournaient le regard dès que j'apparaissais, que d'autres encore fermaient les yeux pour que leur regard ne me touche pas, ne m'effleure pas. Je suis devenu tabou comme un totem.

Le totem des Diop, de Mademba Diop, ce fanfaron, c'était le paon. Lui me disait « le paon » et moi je lui répondais « la grue couronnée ». Je lui disais : « Ton totem est un volatile tandis que le mien est un fauve. Le totem des Ndiaye est le lion, c'est plus noble que le totem des Diop. » Je pouvais me permettre de répéter à mon plus que frère Mademba Diop que son totem était un totem pour rire. La parenté à plaisanterie a remplacé la guerre, la vengeance entre nos deux familles, entre nos deux noms de famille. La parenté à plaisanterie sert à laver d'anciens affronts dans le rire, dans la moquerie.

Mais un totem, c'est plus sérieux. Un totem, c'est tabou. On ne doit pas en manger, on doit le protéger. Les Diop pourraient protéger d'un danger un paon ou une grue couronnée au péril de leur vie parce que c'est leur totem. Les Ndiaye n'ont pas besoin de protéger les lions du danger. Un lion n'est jamais en danger. Mais on raconte que les lions ne mangent jamais de Ndiaye. La protection vaut dans les deux sens. Je ne peux pas m'empêcher de sourire en pensant que les Diop ne risquent pas de se faire manger par un paon ou une grue couronnée.

Je ne peux pas m'empêcher de sourire en repensant à Mademba Diop qui riait quand je lui disais que les Diop n'étaient pas très malins d'avoir choisi le paon ou la grue couronnée comme totem. « Les Diop sont des fanfarons imprévoyants comme des paons. Ils font les fiers, mais leur totem n'est qu'un volatile orgueilleux. » Voilà ce qui faisait rire Mademba quand je voulais me moquer de lui. Mademba se contentait de me répondre qu'on ne choisit pas son totem, c'est le totem qui vous choisit.

Malheureusement je lui ai reparlé de son totem orgueilleux volatile le matin de sa mort, peu avant que le capitaine Armand siffle l'attaque. Et c'est pour ça qu'il est parti le premier de tous, qu'il a jailli de la terre en hurlant vers l'ennemi d'en face, pour nous montrer, à la tranchée et à moi, qu'il n'était pas un fanfaron, qu'il était courageux. C'est à cause de moi qu'il est parti devant. C'est à cause des totems, de la parenté à plaisanterie et de moi que Mademba Diop s'est fait éventrer par un ennemi demi-mort aux yeux bleus ce jour-là.

VIII

Ce jour-là, Mademba Diop n'a pas réfléchi malgré tout son savoir, toute sa science. Je sais, j'ai
compris, je n'aurais pas dû me moquer de son
totem. Jusqu'à ce jour, je ne pensais pas assez, je
ne réfléchissais pas à la moitié de ce que je disais.
On ne pousse pas son ami, son plus que frère, à
sortir du ventre de la terre en hurlant plus fort que
les autres. On n'entraîne pas son plus que frère à
la folie temporaire dans un endroit où une grue couronnée ne pourrait pas survivre un seul instant ; un
champ de guerre où ne pousse plus la moindre petite
plante, plus le moindre arbrisseau, comme si des
milliers de criquets de fer s'y étaient rassasiés sans
arrêt pendant des lunes et des lunes. Un champ
ensemencé de millions de petits grains de guerre
métalliques qui ne donnent rien. Un champ de
bataille balafré façonné pour des carnivores.

Maintenant voilà. Depuis que j'ai décidé de penser par moi-même, de ne rien m'interdire en matière
de pensée, j'ai compris que ce n'est pas l'ennemi
d'en face aux yeux bleus qui a tué Mademba. C'est
moi. Je sais, j'ai compris pourquoi je n'ai pas

achevé Mademba Diop quand il me suppliait de le faire. « On ne peut pas tuer un homme deux fois, devait me murmurer mon esprit à voix très, très basse. Tu as déjà tué ton ami d'enfance, devait-il me chuchoter, quand tu t'es moqué de son totem un jour de bataille et qu'il s'est jeté le premier hors du ventre de la terre. Attends un peu, devait me chuchoter mon esprit à voix très, très basse, attends un peu. Tout à l'heure, quand Mademba sera mort sans que tu l'y aides, tu comprendras. Tu comprendras que tu ne l'as pas achevé, alors qu'il te le demandait, pour ne pas avoir à te reprocher d'avoir fini le sale travail commencé. Attends un peu, devait me chuchoter mon esprit, tout à l'heure tu comprendras que tu as été l'ennemi aux yeux bleus de Mademba Diop. Tu l'as tué par tes paroles, tu l'as éventré par tes paroles, tu lui as dévoré le dedans du corps par tes paroles. »

De là à penser que je suis un *dëmm*, un dévoreur d'âmes, il n'y a presque pas d'écart, de chemin. Comme je pense tout ce que bon me semble désormais, je peux tout m'avouer à moi-même dans le secret de mon esprit. Oui, je me suis dit que je devais être un *dëmm*, un mangeur du dedans des gens. Mais je me suis dit, aussitôt après l'avoir pensé, que je ne pouvais pas croire une chose pareille, que ce n'était pas possible. Là, ce n'était pas moi qui pensais vraiment. J'avais laissé la porte de mon esprit ouverte à d'autres pensées que je prenais pour les miennes. Je ne m'écoutais plus penser mais j'écoutais les autres qui avaient peur de moi. Il faut faire attention, quand on se pense libre de penser ce qu'on veut, de ne pas laisser passer en cachette la pensée déguisée des autres, la pensée maquillée du père et de la mère, la pensée grimée du grand-père, la pensée dissimulée du frère ou de la sœur, des amis, voire des ennemis.

Donc, je ne suis pas un *dëmm*, un dévoreur d'âmes. Ça, ce sont ceux qui ont peur de moi qui le pensent. Je ne suis pas non plus un sauvage. Ça, ce sont mes chefs toubabs et mes ennemis aux yeux bleus qui le pensent. La pensée qui m'est propre, la pensée qui m'appartient, est que mes moqueries, mes paroles blessantes sur son totem sont la cause véritable de la mort de Mademba. C'est à cause de ma grande bouche qu'il a jailli hurlant du ventre de la terre pour me montrer ce que je savais déjà, qu'il était courageux. La question est de savoir pourquoi j'ai ri du totem de mon plus que frère. La question est de savoir pourquoi mon esprit a fait éclore des paroles aussi blessantes que les mâchoires d'un criquet de fer un jour d'attaque.

Pourtant, j'aimais Mademba, mon plus que frère. Par la vérité de Dieu, je l'aimais tellement. J'avais tellement peur qu'il meure, je souhaitais tellement que nous rentrions tous les deux sains et saufs à Gandiol. J'étais prêt à tout pour qu'il reste en vie. Je le suivais partout sur le champ de bataille. Dès que le capitaine Armand sifflait l'attaque pour bien avertir l'ennemi d'en face que nous allions sortir en hurlant du ventre de la terre, pour avertir l'ennemi de bien se préparer à nous mitrailler, je me collais à Mademba pour que la balle qui le blesse me blesse, ou que la balle qui le tue me tue, ou que la balle qui le rate me rate. Par la vérité de Dieu, les jours d'attaque sur le champ de bataille, nous étions coude à coude, épaule contre épaule. Nous courions en hurlant vers les ennemis d'en face au même rythme, nous tirions nos coups de fusil en même temps, nous étions comme deux frères jumeaux sortis le même jour ou la même nuit du ventre de leur mère.

Alors, par la vérité de Dieu, je ne comprends pas. Non, je ne comprends pas pourquoi j'ai un beau jour insinué à Mademba Diop qu'il n'était pas courageux, que ce n'était pas un vrai guerrier. Penser par soi-même ne veut pas dire forcément tout comprendre. Par la vérité de Dieu, je ne comprends pas pourquoi un beau jour de bataille sanglante, sans rime ni raison, alors que je ne voulais pas qu'il meure, alors que j'espérais qu'on rentre sains et saufs lui et moi à Gandiol après la guerre, j'ai tué Mademba Diop par mes paroles. Je ne comprends pas tout.

IX

À la septième main coupée, ils en ont eu assez.
Ils en ont tous eu assez, les soldats toubabs comme
les soldats chocolats. Les chefs comme les pas
chefs. Le capitaine Armand a dit que je devais être
fatigué, qu'il fallait coûte que coûte que je me
repose. Pour me l'annoncer il m'a convoqué dans
sa cagna. C'était en présence d'un Chocolat, beaucoup plus âgé que moi, plus gradé que moi. Un
Chocolat croix de guerre qui n'en menait pas large,
un Chocolat croix de guerre qui m'a traduit en
wolof ce que le capitaine voulait. Pauvre vieux
croix de guerre chocolat qui pensait comme les
autres que j'étais un *dëmm*, un dévoreur d'âmes, et
qui tremblait comme une petite feuille au vent sans
oser me regarder, la main gauche crispée sur un
gri-gri caché dans sa poche.

Comme les autres, il avait peur que je lui dévore
le dedans du corps, que je le précipite à la mort.
Comme les autres, Blancs ou Noirs, le tirailleur
Ibrahima Seck tremblait de croiser mon regard. Le
soir venu, en silence, il prierait longtemps. Le soir
venu, il égrainerait longtemps son chapelet pour se

47

garder de moi et de ma souillure. Le soir venu, il se purifierait. En attendant, l'aîné Ibrahima Seck était terrorisé d'avoir à me traduire les paroles du capitaine. Par la vérité de Dieu, il était terrorisé de m'apprendre que j'avais une permission exceptionnelle d'un mois entier à l'Arrière ! Parce que, pour Ibrahima Seck, ce que commandait le capitaine ne devait pas être une bonne nouvelle pour moi. Pour mon aîné, le croix de guerre chocolat, je ne devais pas être content d'apprendre qu'on m'éloignait de mon garde-manger, de mes proies, de mon terrain de chasse. Pour Ibrahima Seck, un sorcier comme moi ne manquerait pas d'être très, très en colère contre le porteur de la mauvaise nouvelle. Par la vérité de Dieu, on ne réchappait que rarement d'un soldat sorcier qu'on privait d'un mois entier de pâture, qu'on privait de toutes ces âmes, ennemies ou amies, à dévorer sur le champ de bataille. Pour Ibrahima Seck, je ne pouvais que le rendre responsable de la perte de tous ces dedans de soldats amis ou ennemis à manger. Alors, pour éloigner le mauvais œil, pour ne pas subir les méfaits de ma colère, pour pouvoir montrer un jour sa croix de guerre à ses petits-enfants, l'aîné Ibrahima Seck a commencé chacune de ses phrases de traduction toujours par ces mêmes mots : « Le capitaine a dit que… »

« Le capitaine Armand a dit que tu devais te reposer. Le capitaine a dit que tu étais vraiment très, très brave, mais très, très fatigué aussi. Le capitaine a dit qu'il salue ton courage, ton très, très grand courage. Le capitaine a dit que tu allais avoir la croix de guerre comme moi… Ah ! tu l'as déjà ?…

Le capitaine a dit que tu allais en avoir peut-être une autre. »

Alors oui, je sais, j'ai compris que le capitaine Armand ne voulait plus de moi sur le champ de bataille. Derrière les mots rapportés par l'aîné croix de guerre chocolat Ibrahima Seck, j'ai su, j'ai compris qu'on en avait assez de mes sept mains tranchées rapportées chez nous. Oui, j'ai compris, par la vérité de Dieu, que sur le champ de bataille on ne veut que de la folie passagère. Des fous de rage, des fous de douleur, des fous furieux, mais temporaires. Pas de fous en continu. Dès que l'attaque est finie, on doit ranger sa rage, sa douleur et sa furie. La douleur, c'est toléré, on peut la rapporter à condition de la garder pour soi. Mais la rage et la furie, on ne doit pas les rapporter dans la tranchée. Avant d'y revenir, on doit se déshabiller de sa rage et de sa furie, on doit s'en dépouiller, sinon on ne joue plus le jeu de la guerre. La folie, après le coup de sifflet du capitaine signalant la retraite, c'est tabou.

J'ai su, j'ai compris que le capitaine et Ibrahima Seck, le tirailleur chocolat croix de guerre, ne voulaient plus de la rage guerrière chez nous. Par la vérité de Dieu, j'ai compris que, pour eux, mes sept mains coupées, c'était comme si je rapportais des cris et des hurlements dans un endroit calme. On ne peut pas s'empêcher en voyant la main coupée de l'ennemi d'en face de se dire : « Et si c'était moi ? » On ne peut pas s'empêcher de se dire : « J'en ai assez de cette guerre. » Par la vérité de Dieu, après la bataille, on redevient humain pour l'ennemi. On ne peut pas se réjouir longtemps de la peur de l'ennemi d'en face parce qu'on a peur soi-même. Les mains coupées, c'est la peur qui passe du dehors au dedans de la tranchée.

« Le capitaine Armand a dit qu'il te remerciait encore pour ta bravoure. Le capitaine a dit que tu avais un mois de permission. Le capitaine a dit qu'il voudrait savoir où tu as… caché, euh… rangé les mains coupées. »

Alors, sans hésiter, je me suis entendu répondre : « Je n'ai plus les mains. »

X

Par la vérité de Dieu, le capitaine et mon aîné Ibrahima Seck me prennent pour un idiot. Je suis peut-être un peu bizarre, mais pas idiot. Je ne donnerai jamais la cachette des mains coupées. Ce sont mes mains, je sais à quels yeux bleus elles ont appartenu. Je connais chacune de leur provenance. Elles ont eu sur le dessus des poils blonds ou roux, rarement noirs. Certaines étaient charnues, d'autres sèches. Leurs ongles ont été noirs une fois que je les ai eu séparées de leurs bras. L'une d'entre elles est plus petite que les autres, comme celle d'une femme ou d'un grand enfant. Petit à petit, elles deviennent dures avant de pourrir. Alors, pour les garder, après la deuxième, je me suis glissé dans la cuisine de la tranchée de chez nous, je les ai bien, très bien saupoudrées de gros sel et je les ai mises dans le four éteint sous la cendre chaude. Je les y ai laissées une nuit entière. Le matin, très, très tôt, je suis allé les reprendre. Puis le lendemain je les ai remises au même endroit après les avoir resalées. Et ainsi de suite, jusqu'à ce qu'elles deviennent comme du poisson séché. J'ai séché les mains des yeux bleus, un peu comme on fait sécher chez moi le poisson qu'on veut garder longtemps.

Maintenant mes sept mains – sur les huit, il m'en manque une à cause des plaisanteries de Jean-Baptiste – maintenant mes sept mains ont perdu leurs caractéristiques. Elles sont toutes pareilles, elles sont tannées et luisantes comme du cuir de dromadaire, elles n'ont plus leurs poils blonds, roux ou noirs. Par la vérité de Dieu, elles n'ont plus de taches de rousseur ou de grains de beauté. Elles sont toutes d'un brun foncé. Elles se sont momifiées. Leur chair séchée n'a plus aucune chance de pourrir. Presque personne ne pourra les repérer à l'odeur, sauf les rats. Elles sont en lieu sûr.

J'ai pensé que je n'en avais plus que sept parce que mon copain Jean-Baptiste le facétieux, le plaisantin, m'en a volé une. Je l'ai laissé faire parce que c'était ma première main coupée et qu'elle commençait à pourrir. Je ne savais pas encore quoi en faire. Je n'avais pas encore eu l'idée de les sécher comme les femmes des pêcheurs de Gandiol le font du poisson.

À Gandiol, on fait sécher le poisson du fleuve ou de la mer au soleil et à la fumée après l'avoir bien, très bien salé. Ici il n'y a pas de vrai soleil. Il n'y a qu'un soleil froid qui ne sèche rien. La boue reste de la boue. Le sang ne sèche pas. Nos uniformes ne sèchent qu'au feu. C'est pour ça qu'on fait du feu. Pas seulement pour essayer de nous réchauffer : surtout pour essayer de nous sécher.

Mais nos feux sont minuscules dans la tranchée. Interdiction de faire de grands feux, a dit le capitaine. Parce qu'il n'y a pas de fumée sans feu, a dit le capitaine. Les ennemis d'en face, dès qu'ils voient s'échapper une fumée de chez nous, dès qu'ils aperçoivent la moindre petite fumée, même celle des cigarettes quand ils ont de bons yeux bleus perçants, ils ajustent leur batterie et nous bombardent. Comme nous, l'ennemi d'en face bombarde au hasard dans la tranchée. Comme nous, l'ennemi envoie une salve au hasard, même les jours de trêve quand il n'y a pas d'attaque. Alors, autant ne pas donner de points de repère aux artilleurs ennemis. Autant, par la vérité de Dieu, éviter de leur montrer nos positions par la fumée bleue d'un feu ! Du coup, nos uniformes ne sont jamais secs, du coup, notre linge de corps, tous nos habits sont toujours humides. Alors on essaie de faire de petits feux sans fumée. On oriente le conduit du four de la cuisine vers l'arrière. Alors, par la vérité de Dieu, on essaie d'être plus malins que les ennemis aux yeux bleus perçants. Le four de la cuisine était donc le seul endroit où je pouvais faire sécher les mains. Par la vérité de Dieu, je les ai toutes sauvées, même la deuxième et la troisième qui étaient déjà assez avancées.

Au début, mes copains de la tranchée étaient si contents que je leur rapporte des mains ennemies qu'ils les ont même touchées. De la première à la troisième, ils ont osé les toucher. Certains même ont craché dessus en rigolant. Dès mon retour dans le ventre de la terre avec ma deuxième main ennemie, mon copain Jean-Baptiste a fouillé dans mes affaires. Il a volé ma première main et je l'ai laissé faire, parce qu'elle commençait à pourrir et à attirer les rats. Je n'ai jamais aimé la première main, elle n'était pas belle. Elle avait sur le dos de longs poils roux et je l'avais mal tranchée, je l'avais mal séparée du bras parce que je n'avais pas encore l'habitude. Par la vérité de Dieu, mon coupe-coupe n'était pas assez bien aiguisé à cette époque. Puis, l'expérience aidant, je suis arrivé dès la quatrième main à les séparer du bras ennemi d'un seul coup, d'un seul coup très sec du tranchant de mon coupe-coupe que je passais des heures à aiguiser avant les attaques sifflées du capitaine.

Donc, mon copain Jean-Baptiste est allé fouiller dans mes affaires pour voler la première main ennemie que je n'aimais pas. Jean-Baptiste a été mon seul vrai copain blanc de la tranchée. C'est le seul Toubab qui est venu vers moi après la mort de Mademba Diop pour me consoler. Les autres m'ont tapé sur l'épaule, les Chocolats ont récité les prières rituelles avant qu'on emporte vers l'Arrière le corps de Mademba. Les soldats chocolats ne m'en ont plus reparlé parce que pour eux Mademba était un mort parmi tous les autres. Eux aussi avaient perdu comme moi des amis plus que frères. Eux aussi pleuraient leurs morts dans leur intérieur. Seul Jean-Baptiste a fait plus que me taper sur l'épaule quand j'ai rapporté le corps éventré de Mademba Diop dans la tranchée. Jean-Baptiste avec sa tête ronde et ses yeux bleus à fleur de tête s'est occupé de moi. Jean-Baptiste avec sa petite taille et ses petites mains m'a aidé à laver mon linge. Jean-Baptiste m'a donné du tabac. Jean-Baptiste a partagé son pain avec moi. Jean-Baptiste a partagé son rire avec moi.

Alors, quand Jean-Baptiste a fouillé dans mes affaires pour me voler la première main ennemie, je l'ai laissé faire.

Jean-Baptiste a beaucoup joué avec cette main coupée. Jean-Baptiste a beaucoup ri avec cette main ennemie qui commençait à pourrir. Dès le matin où il me l'a volée, dès le petit déjeuner, alors que nous étions tous mal réveillés, il nous a serré la main les uns après les autres. Et quand il a eu salué tout le monde, on a su, on a compris qu'il nous avait tendu la main coupée de l'ennemi plutôt que la sienne cachée dans la manche de son uniforme.

C'est Albert qui avait hérité de la main ennemie. Albert a hurlé quand il s'est rendu compte que Jean-Baptiste lui avait laissé dans la main la main ennemie. Albert a hurlé tout en jetant la main ennemie par terre et tout le monde a ri et tout le monde s'est moqué de lui, même les sous-officiers, et même le capitaine, par la vérité de Dieu. Alors Jean-Baptiste nous a crié : « Bande de cons, vous avez tous serré la main d'un ennemi, vous devez tous passer en cour martiale ! » Alors tout le monde a ri à nouveau, même l'aîné croix de guerre chocolat Ibrahima Seck qui nous traduisait ce qu'avait crié Jean-Baptiste.

XI

Mais, par la vérité de Dieu, cette première main coupée n'a pas porté chance à Jean-Baptiste. Jean-Baptiste n'est pas resté longtemps mon ami. Non pas parce que nous ne nous plaisions plus, mais parce que Jean-Baptiste est mort. Il est mort d'une mort très, très laide. Il est mort avec ma main ennemie accrochée à son casque. Jean-Baptiste aimait trop rire, trop faire l'idiot. Il y a des limites, il n'est pas bon de jouer avec les mains ennemies sous les yeux bleus jumeaux des ennemis. Jean-Baptiste n'aurait pas dû les provoquer, il n'aurait pas dû les narguer. Les ennemis d'en face ont eu du ressentiment. Ils n'ont pas aimé voir la main de leur copain plantée sur la pointe d'une baïonnette Rosalie. Ils en ont eu assez de la voir agitée dans le ciel de notre tranchée. Par la vérité de Dieu, ils en ont eu marre des bêtises de Jean-Baptiste qui leur criait à tue-tête, la main de leur copain à bout de baïonnette : « Sales Boches, sales Boches ! » On aurait dit que Jean-Baptiste devenait fou et moi, j'ai su, j'ai compris pourquoi.

Jean-Baptiste était devenu provocateur. Jean-Baptiste essayait d'attirer l'attention des yeux bleus ennemis derrière leurs jumelles depuis qu'il avait reçu une lettre parfumée. J'ai su, j'ai compris en voyant son visage quand il lisait cette lettre. Le visage de Jean-Baptiste était éclatant de rire et de lumière avant d'ouvrir la lettre parfumée. Quand il a eu fini de lire la lettre parfumée, le visage de Jean-Baptiste était devenu gris. Plus de lumière. Seul le rire lui restait. Mais son rire n'était plus un rire de bonheur. Son rire était devenu un rire de malheur. Un rire comme des pleurs, un rire désagréable, un faux rire. Depuis la lettre parfumée, Jean-Baptiste se servait de ma première main ennemie pour faire des signes grossiers aux ennemis d'en face. Jean-Baptiste les traitait d'enculés en secouant dans le ciel de notre tranchée, plantée au bout de la Rosalie de son fusil, la main ennemie dont il avait relevé le majeur. Et il criait : « Enculés de Boches, enculés par vous-mêmes ! », en agitant son fusil à bout de bras pour que les yeux bleus jumeaux des ennemis reçoivent son message, repèrent son doigt d'honneur cinq sur cinq.

Le capitaine Armand lui a dit de la fermer. S'agiter comme Jean-Baptiste, ce n'était bon pour personne. C'était comme si Jean-Baptiste faisait un feu dans la tranchée. Son insulte avait le pouvoir de la fumée. Le pouvoir d'aider l'ennemi d'en face à régler son tir. C'était comme s'il se désignait lui-même aux ennemis. Ce n'était pas la peine de mourir sans que le capitaine l'ait commandé. Par la vérité de Dieu, j'ai su, j'ai compris, comme le capitaine et les autres, que Jean-Baptiste cherchait à mourir, à énerver les yeux bleus ennemis pour qu'ils le visent.

Alors, le matin d'une attaque sifflée par notre capitaine où nous sommes sortis du ventre de la terre en hurlant, les ennemis aux yeux bleus n'ont pas mitraillé immédiatement. Les ennemis aux yeux bleus ont attendu vingt respirations avant de nous tirer dessus, le temps de repérer Jean-Baptiste. Par la vérité de Dieu, pour le repérer, pas moins de vingt respirations. Je sais, j'ai compris, nous avons tous compris pourquoi ils ont attendu pour nous mitrailler. Les ennemis aux yeux bleus, comme l'a dit le capitaine, avaient une dent contre Jean-Baptiste. Par la vérité de Dieu, ils en avaient marre de l'entendre crier « Enculés de Boches ! » avec la main de leur copain plantée à la pointe d'une baïonnette Rosalie secouée dans le ciel de notre tranchée. Les ennemis d'en face s'étaient concertés pour tuer Jean-Baptiste lors de l'attaque suivante des Français. Ils s'étaient dit entre eux : « Nous allons tuer ce gars-là d'une sale manière pour faire l'exemple. »

Et cet idiot de Jean-Baptiste qui nous donnait l'impression de vouloir mourir coûte que coûte avait tout fait pour leur faciliter la tâche. Il s'était accroché la main ennemie sur le devant de son casque. Et comme elle était avancée, il l'avait emmaillotée de blanc, il l'avait enturbannée, comme l'a dit le capitaine, de tissu blanc, doigt après doigt. Et Jean-Baptiste avait bien fait les choses car on voyait très bien cette main accrochée sur le devant de son casque, le doigt d'honneur relevé, les autres repliés. Les ennemis aux yeux bleus jumeaux n'ont pas eu de mal à le viser. Ils avaient des jumelles. Dans leurs jumelles ils ont vu une tache blanche sur le sommet du casque d'un soldat de petite taille. Ça a dû leur prendre cinq respirations. Ils ont ajusté leurs jumelles et ils ont vu que cette petite tache blanche leur faisait un doigt d'honneur. Cinq autres respirations haletantes. Mais pour ajuster leur tir, ça a dû être plus long, dix respirations lentes au moins, parce qu'ils en voulaient trop à Jean-Baptiste de les avoir nargués avec la main de leur copain. Ils avaient préparé du lourd. Et dès qu'ils l'ont eu dans le viseur de leur canon, vingt respirations après le coup de sifflet du capitaine, ils ont dû être contents, les ennemis d'en face. Et ils ont même dû être très, très contents quand ils ont vu à travers leurs jumelles s'envoler la tête de Jean-Baptiste. Sa tête, son casque et la main ennemie qu'il y avait accrochée, pulvérisés. Ça a dû les mettre en joie, les ennemis aux yeux bleus jumeaux, de voir leur déshonneur pulvérisé sur la tête du coupable. Par la vérité de Dieu, ils ont dû offrir du tabac à celui qui avait réussi ce joli coup. Ils ont dû, dès la fin de notre attaque, lui taper sur l'épaule, lui offrir à boire. Ils ont dû l'applaudir pour ce coup de maître artilleur. Ils ont peut-être inventé une chanson en son honneur.

Par la vérité de Dieu, c'est peut-être cette chanson en son honneur que j'ai entendue jaillir de leur tranchée, le soir de cette attaque où Jean-Baptiste est mort, le soir où j'ai tranché la quatrième main d'un ennemi d'en face après avoir déposé le dedans de son corps dehors, au cœur de la terre à personne, comme dit le capitaine.

XII

J'ai très bien entendu les ennemis aux yeux bleus jumeaux chanter, car ce soir-là je me trouvais tout près de leur tranchée. Par la vérité de Dieu, j'ai rampé tout près de leur chez-eux sans qu'ils ne me voient et j'ai attendu qu'ils aient fini de chanter pour en attraper un. J'ai attendu que le silence s'installe, qu'ils s'assoupissent, et j'en ai attrapé un comme on extrait un tout petit enfant du ventre de sa mère, avec une violente douceur pour atténuer le choc, pour atténuer le bruit. J'en ai pris un comme ça, directement dans leur tranchée, pour la première et dernière fois. J'en ai pris un comme ça parce que j'espérais attraper le maître artilleur qui avait tué Jean-Baptiste. Ce soir-là, par la vérité de Dieu, j'ai pris beaucoup de risques pour venger mon copain Jean-Baptiste qui avait voulu mourir à cause d'une lettre parfumée.

J'ai rampé pendant des heures sous les barbelés, pour aller tout près de leur tranchée. Je me suis couvert de boue pour qu'ils ne me voient pas. Dès après l'obus qui a décapité Jean-Baptiste, je me suis jeté par terre et j'ai rampé des heures dans la boue. Le capitaine Armand avait sifflé depuis longtemps la fin de l'attaque quand je suis arrivé tout près de la tranchée ennemie, ouverte elle aussi comme le sexe d'une immense femme, une femme de la taille de la Terre. Alors je me suis rapproché toujours plus du rebord du monde ennemi et j'ai attendu, attendu. Longtemps ils ont chanté des chants d'hommes, des chants de guerriers sous les étoiles. J'ai attendu, attendu qu'ils s'endorment. Sauf un. Sauf un qui s'était appuyé contre la paroi de la tranchée pour fumer. Il ne faut pas fumer à la guerre, on se fait repérer. Je l'ai repéré à cause de la fumée de son tabac, grâce à la fumée bleue qui montait dans le ciel de sa tranchée.

Par la vérité de Dieu, j'ai pris un risque énorme. Dès que j'ai aperçu à quelques pas sur ma gauche de la fumée bleue s'élevant dans le ciel noir, j'ai rampé comme un serpent le long de la tranchée. J'étais couvert de la tête aux pieds de boue. J'étais comme le serpent mamba qui prend la couleur de la terre qui le voit ramper. J'étais invisible et j'ai rampé, rampé, rampé le plus vite possible pour me retrouver au plus près de la fumée bleue soufflée dans l'air noir par le soldat ennemi. J'ai vraiment pris un gros risque et c'est pour ça que ce que j'ai fait cette nuit-là, pour mon ami blanc qui voulait mourir à la guerre, je ne l'ai fait qu'une fois.

Sans savoir ce qui se passait dans la tranchée, sans voir quoi que ce soit, j'ai jeté au hasard ma tête et mes bras dans la tranchée ennemie. J'ai précipité à l'aveuglette le haut de mon corps dans la tranchée pour attraper l'ennemi aux yeux bleus qui fumait en contrebas. Par la vérité de Dieu, j'ai eu de la chance, la tranchée n'était pas couverte à cet endroit-là. J'ai eu de la chance, le soldat ennemi qui soufflait de la fumée bleue dans le ciel noir de sa tranchée était seul. J'ai eu la chance de pouvoir plaquer ma main sur sa bouche avant qu'il n'ait pu crier. Par la vérité de Dieu, j'ai été chanceux que le propriétaire de mon quatrième trophée ait été petit et léger comme un enfant de quinze ou seize ans. Dans ma collection de mains, c'est lui qui m'a donné la plus petite. J'ai eu de la chance cette nuit-là de ne pas être repéré par les amis, les camarades du petit soldat aux yeux bleus. Ils devaient tous dormir, harassés par l'attaque du jour où Jean-Baptiste avait été tué le premier par le maître artilleur. Après la chute de la tête de Jean-Baptiste, ils avaient tiré, sans s'arrêter pour respirer, avec rage. Beaucoup de camarades de chez nous sont morts ce jour-là. Mais moi j'ai réussi à courir, tirer, me jeter à plat ventre et ramper sous les barbelés. Tirer en courant, me jeter à plat ventre et ramper dans la terre à personne, comme dit le capitaine.

Par la vérité de Dieu, les ennemis d'en face étaient tous fatigués. Cette nuit-là, ils ont baissé la garde après avoir chanté. Je ne sais pas pourquoi le petit soldat ennemi n'était pas fatigué cette nuit-là. Pourquoi est-il allé fumer son tabac alors que ses camarades de guerre étaient partis dormir ? Par la vérité de Dieu, c'est le destin qui me l'a fait attraper lui et pas un autre. Il était écrit là-haut que c'était lui que j'irais chercher en pleine nuit au creux chaud de la tranchée ennemie. Maintenant je sais, j'ai compris que rien n'est simple dans les écrits de là-haut. Je sais, j'ai compris, mais je ne le raconterai à personne parce que je pense ce que je veux rien que pour moi-même depuis que Mademba Diop est mort. Je crois avoir compris que ce qui est écrit là-haut n'est qu'une copie de ce que l'homme écrit ici-bas. Par la vérité de Dieu, je crois que Dieu est toujours en retard sur nous. Il ne peut que constater les dégâts. Il ne peut pas avoir voulu que j'attrape le petit soldat aux yeux bleus dans le creux chaud de la tranchée ennemie.

Le propriétaire de la quatrième main de ma collection n'avait rien fait de mal, je crois. Je l'ai lu dans ses yeux bleus quand je l'ai étripé dans la terre à personne, comme dit le capitaine. J'ai vu dans ses yeux que c'était un bon garçon, un bon fils, trop jeune encore pour avoir connu la femme, mais un futur bon mari certainement. Et voilà qu'il a fallu que je tombe sur lui comme le malheur et la mort sur l'innocence. C'est ça la guerre : c'est quand Dieu est en retard sur la musique des hommes, quand Il n'arrive pas à démêler les fils de trop de destins à la fois. Par la vérité de Dieu, on ne peut pas en vouloir à Dieu. Qui sait s'Il n'a pas voulu punir les parents du petit soldat ennemi en le faisant mourir par ma main noire à la guerre ? Qui sait s'Il n'a pas voulu punir ses grands-parents parce qu'Il n'avait pas eu le temps de redresser leurs torts sur leurs propres enfants ? Qui sait ? Par la vérité de Dieu, Dieu a peut-être pris du retard dans la punition de la famille du petit soldat ennemi. Je suis bien placé pour savoir qu'Il les a gravement punis à travers leur petit-fils ou à travers leur fils. Car le petit soldat ennemi a souffert comme les autres quand j'ai sorti tout son dedans du corps pour le placer à l'air, dehors, en petit tas à côté de lui encore vivant. Mais j'ai vraiment eu très, très vite pitié de lui. J'ai atténué la punition sur lui de ses parents ou de ses grands-parents. Je ne l'ai laissé me supplier les yeux remplis de larmes qu'une seule fois avant de l'achever. Ce ne pouvait pas être lui qui avait éventré mon plus que frère Mademba Diop. Ce ne pouvait pas être lui non plus qui avait pulvérisé d'un petit coup d'obus la tête de mon ami Jean-Baptiste, le facétieux désespéré par une lettre parfumée.

Peut-être aussi le petit soldat ennemi aux yeux bleus était-il de garde quand je me suis jeté tête la première dans la tranchée chaude, bras tendus, sans savoir qui j'attraperais. Je l'ai emporté son fusil accroché sur l'épaule. Un soldat de garde ne doit pas fumer. La petite fumée bleue au cœur de la nuit la plus noire est visible. C'est comme ça que je l'ai repéré, mon petit soldat aux yeux bleus porteur de mon quatrième trophée, de ma quatrième main. Mais par la vérité de Dieu, j'ai eu pitié de lui dans la terre à personne. Je l'ai achevé dès la première supplication de ses yeux bleus noyés de larmes. Dieu l'avait mis de garde.

C'est après mon retour dans la tranchée de chez nous avec ma quatrième petite main et son fusil qu'elle avait nettoyé, graissé, chargé et déchargé que mes camarades soldats blancs ou noirs m'ont évité comme la mort. Quand je suis rentré chez nous en rampant dans la boue, comme un mamba noir rentrant dans son nid après la chasse au rat, plus personne n'a osé me toucher. Personne ne s'est réjoui de me revoir. Ils ont dû penser que la première main avait porté malchance à ce petit fou de Jean-Baptiste et que le mauvais œil tomberait sur ceux qui me toucheraient, me regarderaient même. Et puis, désormais, Jean-Baptiste n'était plus là pour entraîner les autres du bon côté de la joie de me revoir vivant. Toute chose est double : une face bonne, une face mauvaise. Jean-Baptiste, quand il était encore vivant, montrait aux autres le bon côté de mes trophées. « Tiens, voilà notre ami Alfa avec une nouvelle main et le fusil qui va avec. Réjouissons-nous, camarades, je vois là des balles boches en moins sur nous ! Moins de mains de Boches, moins de balles boches. Gloire à Alfa ! » Les autres soldats, Noirs ou Blancs, Chocolats ou Toubabs, étaient alors entraînés à me féliciter d'avoir rapporté mes trophées dans notre tranchée ouverte au ciel. Tous m'ont applaudi jusqu'à la troisième main. J'étais courageux, j'étais une force de la nature, comme le capitaine l'a dit plusieurs fois. Par la vérité de Dieu, ils me donnaient à manger de bons morceaux, ils m'aidaient à me laver, surtout Jean-Baptiste qui m'aimait bien. Mais, au soir de la mort de Jean-Baptiste, dès mon retour dans notre tranchée comme un mamba se faufile dans son nid sous terre après la chasse, ils m'ont fui comme la mort. La face mauvaise de mes crimes l'a emporté sur la bonne face. Les soldats chocolats ont commencé à chuchoter que j'étais un soldat sorcier, un *dëmm*, un dévoreur d'âmes, et les soldats toubabs ont commencé à les croire. Par la vérité de Dieu, toute chose porte en elle son contraire. Jusqu'à la troisième main, j'étais un héros de guerre, dès la quatrième je suis devenu un fou dangereux, un sauvage sanguinaire. Par la vérité de Dieu, ainsi vont les choses, ainsi va le monde : toute chose est double.

XIII

Ils m'ont cru idiot, mais je ne le suis pas. Le capitaine et l'aîné tirailleur croix de guerre chocolat Ibrahima Seck ont voulu mes sept mains pour me piéger. Par la vérité de Dieu, ils voulaient des preuves de ma sauvagerie pour me faire emprisonner, mais je ne leur aurais jamais dit où j'avais caché mes sept mains. Ils ne les trouveraient pas. Ils ne pouvaient pas imaginer dans quel endroit sombre elles reposaient sèches et enveloppées de tissu. Par la vérité de Dieu, sans ces sept preuves, ils n'auraient pas d'autre choix que de m'envoyer temporairement à l'Arrière pour me reposer. Par la vérité de Dieu, ils n'auraient pas d'autre choix que d'espérer qu'à mon retour de repos les soldats aux yeux bleus jumeaux me tuent pour se débarrasser de moi sans trop de bruit. À la guerre, quand on a un problème avec un de ses propres soldats, on le fait tuer par les ennemis. C'est plus pratique.

Entre ma cinquième main et ma sixième main, des soldats toubabs n'ont plus voulu obéir au capitaine Armand quand il sifflait l'attaque. Un beau jour ils ont dit : « Non, y en a marre ! » Ils ont même dit au capitaine Armand : « Vous aurez beau siffler l'attaque pour avertir l'ennemi d'en face de nous mitrailler à la sortie de la tranchée, nous ne sortirons plus. Nous refusons de mourir par votre sifflet ! » Alors le capitaine leur a répondu : « Ah bon, comme ça vous ne voulez plus obéir ? » Les soldats toubabs ont aussitôt dit : « Non, on ne veut plus obéir à votre sifflet de mort ! » Quand le capitaine a été bien sûr qu'ils ne voulaient plus obéir, quand il a vu aussi qu'ils n'étaient plus que sept, et non plus cinquante comme au début, il a fait venir au milieu de nous les sept coupables et il nous a commandé : « Ligotez-leur les mains dans le dos ! » Une fois qu'ils ont été ligotés les mains dans le dos, le capitaine leur a crié : « Vous êtes des lâches, vous êtes la honte de la France ! Vous avez peur de mourir pour votre patrie, pourtant vous allez mourir aujourd'hui ! »

Alors, ce que le capitaine nous a fait faire est très, très laid. Par la vérité de Dieu, nous n'aurions jamais cru que nous traiterions nos camarades soldats comme les ennemis d'en face. Le capitaine nous a dit de les tenir en joue avec nos fusils chargés et de les descendre s'ils n'obéissaient pas à son dernier ordre. Nous étions d'un côté de la tranchée, là où elle est ouverte au ciel de la guerre, et les copains traîtres de l'autre, à quelques pas de nous. Les copains traîtres nous tournaient le dos, ils faisaient face à de petites échelles. Sept petites échelles. Les petites échelles qu'on gravit pour sortir de la tranchée quand on part à l'assaut de l'ennemi d'en face. Alors, une fois tout le monde en place, le capitaine leur a crié : « Vous avez trahi la France ! Mais ceux qui obéiront à mon dernier ordre gagneront une croix de guerre posthume. Les autres, on écrira à leur famille que ce sont des déserteurs, des traîtres vendus à l'ennemi. Pour les traîtres, pas de pension militaire. Rien pour leur femme, rien pour leur famille ! » Ensuite le capitaine a sifflé l'attaque pour que nos copains jaillissent de notre tranchée et pour qu'ils se fassent descendre par l'ennemi d'en face.

Par la vérité de Dieu, je n'avais jamais vu une chose aussi laide. Avant même que le capitaine siffle l'attaque, certains de nos sept copains traîtres claquaient des dents, d'autres auréolaient leur pantalon. Dès que le capitaine a sifflé, ça a été terrible. Si le moment n'avait pas été aussi grave, on aurait presque pu rire. Comme nos copains traîtres avaient les mains ligotées dans le dos, ça a été difficile pour eux de monter les six ou sept marches des échelles d'attaque. Ils trébuchaient, ils glissaient, ils tombaient sur leurs genoux en hurlant de peur parce que les ennemis aux yeux bleus jumeaux n'avaient pas tardé à comprendre que le capitaine leur offrait du gibier. Par la vérité de Dieu, dès que le maître artilleur qui avait tué mon copain Jean-Baptiste a vu les cadeaux qu'on lui faisait, il a envoyé trois petits obus malicieux qui ont raté leur première cible. Mais le quatrième a éclaté dans un copain traître tout juste sorti de la tranchée, un copain traître courageux pour sa femme et pour ses enfants, et dont tout le dedans du corps a jailli pour nous éclabousser de sang noir. Par la vérité de Dieu, moi j'avais déjà l'habitude, mais mes camarades soldats blancs et noirs n'avaient pas l'habitude. Et nous avons tous beaucoup pleuré, surtout nos copains traîtres condamnés à sortir de la tranchée pour se faire massacrer chacun à son tour, sans quoi pas de croix de guerre posthume, avait dit le capitaine. Donc pas de pension pour leurs parents, pas de pension pour leur femme ni pour leurs enfants.

Par la vérité de Dieu, le meneur des copains traîtres a été courageux. Le meneur des copains traîtres s'appelait Alphonse. Par la vérité de Dieu, Alphonse était un vrai guerrier. Un vrai guerrier n'a pas peur de mourir. Alphonse est sorti de notre tranchée en trébuchant comme un infirme et en criant : « Maintenant je sais pourquoi je dois mourir ! Je sais pourquoi. Je meurs pour ta pension, Odette ! Je t'aime, Odette ! Je t'aime, Ode… » Et puis un cinquième petit obus malicieux l'a décapité lui aussi, comme Jean-Baptiste, parce que le maître artilleur d'en face avait commencé à prendre ses marques. Pluie de cervelle sur nous et sur les autres copains traîtres qui hurlaient de terreur de devoir mourir comme le meneur traître Alphonse. Par la vérité de Dieu, nous avons tous pleuré la mort du meneur des copains traîtres. C'est l'aîné tirailleur croix de guerre chocolat Ibrahima Seck qui nous a traduit ce qu'Alphonse avait crié. Odette avait eu de la chance de l'avoir comme homme. Alphonse, c'était quelqu'un.

Mais après Alphonse, il en restait cinq. Il en restait cinq à devoir mourir après le meneur des copains traîtres. L'un d'entre eux s'est tourné vers nous en pleurant et en criant : « Pitié ! Pitié ! Les gars… les gars… pitié… » Ce copain traître, c'était Albert, qui se foutait de la croix de guerre, de la pension posthume du capitaine. Celui-là ne pensait pas à ses parents, à sa femme, à ses enfants. Peut-être n'en avait-il pas. Le capitaine a dit : « Feu ! » et nous avons tiré. Il en restait quatre. Quatre copains traîtres survivants temporaires. Ces quatre copains traîtres ont été courageux pour leur famille. Ces quatre copains traîtres ont surgi un à un de la tranchée, titubant comme des poulets fraîchement décapités qui courent encore un peu. Mais le maître artilleur ennemi d'en face a eu l'air, le temps d'une trentaine de respirations, d'en avoir marre de gaspiller ses petits obus. Il a eu l'air d'attendre, le temps d'une trentaine de respirations, pour observer dans ses jumelles les sacrifices qu'on lui envoyait. Il en avait déjà eu deux après trois coups ratés. Cinq petits obus, ça suffirait. À la guerre il ne faut pas gaspiller les munitions lourdes pour les beaux yeux de l'ennemi, comme dit le capitaine. Et les quatre derniers copains traîtres n'ont été tués que par de vulgaires mitraillettes, en groupe, leurs derniers hurlements coincés dans la gorge.

Par la vérité de Dieu, après la mort des sept copains traîtres commandée par le capitaine, il n'y a plus eu de révolte. Plus de rébellion. Par la vérité de Dieu, je sais, j'ai compris que si le capitaine voulait me faire tuer par les ennemis d'en face, dès mon retour de permission à l'Arrière, il réussirait. Je sais, j'ai compris que s'il voulait ma mort, il l'aurait.

Mais il ne fallait pas que le capitaine sache que je le savais. Par la vérité de Dieu, il ne fallait pas dire où étaient les mains coupées. J'ai donc répondu au capitaine qui me demandait par la voix de l'aîné croix de guerre chocolat Ibrahima Seck où étaient passées les mains coupées des ennemis d'en face que je ne savais pas, que je les avais perdues, que peut-être un des copains traîtres les avait volées pour nous porter tort à tous. « Bon, bon, m'a répondu le capitaine, que les mains restent là où elles sont. Que les mains restent invisibles. Ça va, ça va…. Mais tu dois tout de même être fatigué. Ta façon de faire la guerre est un peu trop sauvage. Je ne t'ai jamais donné l'ordre de couper des mains ennemies ! Ce n'est pas réglementaire. Mais je ferme les yeux parce que tu es croix de guerre. Dans le fond tu as bien compris ce que ça veut dire, d'aller au feu, pour un Chocolat. Tu vas aller te reposer un mois à l'Arrière et tu nous reviendras à nouveau prêt au combat. Il faut me promettre qu'à ton retour tu ne mutileras plus les ennemis, c'est compris ? Tu dois te contenter de les tuer, pas les mutiler. La guerre civilisée l'interdit. Compris ? Tu pars demain. »

Je n'aurais rien compris de ce que me disait le capitaine si Ibrahima Seck, mon aîné croix de guerre chocolat, ne me l'avait pas traduit, en commençant toutes ses phrases par « Le capitaine Armand a dit que… ». Mais j'ai compté près de vingt respirations pendant le discours du capitaine et seulement douze dans le discours de mon aîné Ibrahima Seck. Il y a donc quelque chose que le croix de guerre chocolat n'a pas traduit du discours du capitaine.

Le capitaine Armand est un petit homme aux yeux noirs jumeaux noyés d'une colère continue. Ses yeux noirs jumeaux sont pleins de haine pour tout ce qui n'est pas la guerre. Pour le capitaine, la vie, c'est la guerre. Le capitaine aime la guerre, comme on aime une femme capricieuse. Le capitaine passe tous ses caprices à la guerre. Il la couvre de cadeaux, il la fournit sans compter en vies de soldats. Le capitaine est un dévoreur d'âmes. Je sais, j'ai compris que le capitaine Armand était un *dëmm* qui avait besoin de sa femme, la guerre, pour survivre, tout comme elle avait besoin d'un homme comme lui pour être entretenue.

Je sais, j'ai compris que le capitaine Armand ferait tout son possible pour continuer à faire l'amour avec la guerre. J'ai compris qu'il me prenait pour un rival dangereux qui pouvait tout gâcher dans son tête-à-tête avec la guerre. Par la vérité de Dieu, le capitaine ne voulait plus de moi. J'ai su, j'ai compris qu'à mon retour je risquais d'être affecté ailleurs. Par la vérité de Dieu, il fallait donc que je récupère mes mains là où je les avais cachées. Mais j'ai su, j'ai compris aussi que c'était ce que le capitaine souhaitait. Il me ferait surveiller, peut-être même par mon aîné croix de guerre chocolat Ibrahima Seck. Par la vérité de Dieu, il voulait mes sept mains pour s'en servir comme preuve et me faire fusiller, pour se couvrir, pour continuer à coucher avec la guerre. Il ferait fouiller mes bagages avant que je parte. Comme disait Jean-Baptiste, il voudrait me prendre la main dans le sac. Mais je ne suis pas idiot. Par la vérité de Dieu, j'ai su, j'ai compris comment m'y prendre.

XIV

Je suis bien, je suis à mon aise à l'Arrière. Là où je suis, je ne fais presque plus rien par moi-même. Je dors, je mange, de belles jeunes femmes tout habillées en blanc s'occupent de moi et c'est tout. Ici, il n'y a pas le fracas des explosions, des mitraillettes, des petits obus meurtriers envoyés par les ennemis d'en face.

Là où je suis à l'Arrière, je ne suis pas venu seul. Je suis venu accompagné de mes sept mains ennemies. Et je les ai fait passer au nez et à la barbe du capitaine. Au nez et à la barbe, comme disait Jean-Baptiste. Par la vérité de Dieu, je les ai à peine cachées au fond de ma cantine de soldat. Malgré leur emmaillotage, des rubans du même tissu blanc dont je les ai soigneusement entourées, je reconnais chacune. Mes amis de guerre, soldats noirs et blancs qui ont reçu l'ordre du capitaine de fouiller mes affaires lors de mon départ, n'ont pas osé ouvrir ma cantine. Par la vérité de Dieu, ils ont eu peur. Je les ai aidés à avoir peur. À la place de mon cadenas, accroché par une ficelle à la barre de ma cantine, j'ai mis un gri-gri. Par la vérité de Dieu, un beau gri-gri en cuir rouge que mon père, ce vieil homme, m'a donné lors de mon départ à la guerre. Sur ce beau gri-gri en cuir rouge j'ai dessiné quelque chose qui a fait fuir les espions de mes affaires, Noirs ou Blancs, Chocolats ou Toubabs. J'ai vraiment dessiné en m'appliquant, par la vérité de Dieu. J'ai dessiné sur le gri-gri en cuir rouge à l'aide d'un petit os très pointu de rat trempé dans de la cendre mélangée à de l'huile de lampe, j'ai dessiné une petite main toute noire coupée au poignet. Une toute petite main, vraiment toute petite, avec ses cinq petits doigts bien écartés, renflés au bout, comme les doigts du lézard rose translucide qu'on appelle le Ounk. Le Ounk a une peau rose et si fine qu'on peut lui voir, même dans la pénombre, le dedans du corps, ses entrailles. Le Ounk est dangereux, il fait pipi du poison.

Par la vérité de Dieu, la main que j'ai dessinée a été efficace. Une fois le gri-gri accroché à la barre de fermeture de ma cantine, ceux qui avaient reçu l'ordre de mon capitaine de l'ouvrir pour retrouver mes sept mains, que je n'avais pas eu besoin de cacher ailleurs, ont dû lui mentir. Ils ont dû lui jurer qu'ils avaient cherché en vain mes sept mains. Mais ce qui est certain, c'est que, Blancs ou Noirs, ils n'ont pas osé toucher à ma cantine barrée d'un gri-gri. Comment des soldats qui n'osaient plus me regarder depuis la quatrième main auraient-ils pu se permettre d'ouvrir ma cantine barrée par un gri-gri couleur rouge sang, un gri-gri tatoué d'une petite main noire coupée, avec des doigts renflés au bout comme ceux du Ounk ? Là, j'ai été content de passer pour un *dëmm*, un dévoreur d'âmes. Quand l'aîné croix de guerre chocolat Ibrahima Seck est venu inspecter mes affaires, il a dû manquer de s'évanouir à la vue de mon cadenas mystique. Il a même dû se reprocher d'avoir posé les yeux dessus. Tous ceux qui ont vu mon cadenas mystique, par la vérité de Dieu, ont dû se reprocher d'avoir été trop curieux. Quand je pense à tous ces curieux poltrons, je ne peux m'empêcher de rire très, très fort dans ma tête.

Je ne ris pas devant les gens comme je ris dans ma tête. Mon vieux père me l'a toujours dit : « Seuls les enfants et les fous rient sans raison. » Moi je ne suis plus un enfant. Par la vérité de Dieu, la guerre m'a fait grandir tout d'un coup, surtout après la mort de mon plus que frère Mademba Diop. Mais malgré sa mort je ris encore. Malgré la mort de Jean-Baptiste, je ris encore dans ma tête. Pour les autres je ne suis que souriant, je ne me permets que le sourire. Par la vérité de Dieu, comme le bâillement, le sourire appelle le sourire. Je souris aux gens, qui me le rendent bien. Ils ne peuvent pas entendre, quand je leur souris, le rire aux éclats qui résonne dans ma tête. Heureusement, car ils me prendraient pour un fou furieux. C'est comme pour les mains coupées. Elles n'ont jamais raconté ce que j'ai fait subir à leurs possesseurs, elles n'ont pas raconté les entrailles fumantes dans le froid de la terre à personne, comme dit le capitaine. Les mains coupées n'ont pas raconté comment j'ai éventré huit ennemis aux yeux bleus. Par la vérité de Dieu, personne ne m'a posé de questions sur la

77

façon dont j'avais eu mes mains. Même pas Jean-Baptiste, mort décapité par un petit obus malicieux du maître artilleur aux yeux bleus jumeaux. Les sept mains qui me restent sont comme mon sourire, elles montrent et cachent à la fois les éventrations des ennemis qui me font rire aux éclats en secret.

Le rire appelle le rire et le sourire appelle le sourire. Comme je souris tout le temps dans mon centre de repos à l'Arrière, tout le monde me sourit. Par la vérité de Dieu, même les copains soldats chocolats ou toubabs qui poussent des hurlements en pleine nuit quand résonnent dans leur tête le sifflet de l'attaque et le bruit immense de la guerre, même eux, dès qu'ils me voient souriant, me sourient. Ils ne peuvent pas s'en empêcher, par la vérité de Dieu, c'est plus fort qu'eux.

Le docteur François, qui est un grand homme maigre à l'air triste, me sourit aussi dès que j'apparais devant lui. Comme le capitaine me disait que j'étais une force de la nature, le docteur François me dit par les yeux que j'ai une bonne figure. Par la vérité de Dieu, le docteur François m'aime bien. Alors qu'il économise son sourire avec tous les autres, il le dépense avec moi sans compter. Tout ça parce que le sourire appelle le sourire.

Mais par la vérité de Dieu, le sourire que j'ai acheté avec mon sourire perpétuel et qui me plaît le plus, c'est le sourire de mademoiselle François, une des nombreuses filles habillées en blanc du docteur. Par la vérité de Dieu, mademoiselle François m'aime beaucoup. Par la vérité de Dieu, mademoiselle François est d'accord avec son père sans le savoir. Elle m'a dit elle aussi avec les yeux que j'avais une bonne figure. Mais elle a regardé ensuite d'une telle façon le milieu de mon corps que j'ai compris qu'elle pensait à autre chose que ma figure. Je sais, j'ai compris, j'ai deviné qu'elle voulait faire l'amour avec moi. Je sais, j'ai compris, j'ai deviné qu'elle voulait me voir tout nu. Je l'ai compris à son regard, qui était comme celui de Fary Thiam qui s'est laissé prendre par moi, dans une petite forêt d'ébéniers, non loin du fleuve, quelques heures avant mon départ pour la guerre.

Fary Thiam m'a pris par la main, m'a regardé dans les yeux et puis, discrètement, plus bas. Ensuite, Fary s'est détachée du cercle d'amis où nous étions. Et moi, peu après son départ, j'ai dit au revoir à tout le monde et j'ai suivi de loin Fary qui se dirigeait vers le fleuve. À Gandiol, les gens n'aiment pas aller se promener la nuit vers les berges du fleuve à cause de la déesse Mame Coumba Bang. Fary Thiam et moi nous n'avons croisé personne grâce à la peur de la déesse du fleuve. Fary et moi nous avions trop, trop envie de faire l'amour pour avoir peur.

Par la vérité de Dieu, Fary ne s'est pas retournée une seule fois. Elle s'est dirigée vers une petite forêt d'ébéniers non loin du fleuve en contrebas. Elle s'y est enfoncée et je l'ai suivie. Quand je l'ai retrouvée, j'ai deviné que Fary avait le dos appuyé contre un arbre. Elle était debout face à moi, elle m'attendait. C'était la pleine lune, mais les ébéniers étaient assez proches les uns des autres pour faire de l'ombre à la lune. Je devinais Fary le dos appuyé contre un arbre, mais par la vérité de Dieu, je ne pouvais même pas voir son visage. Fary m'a attiré contre elle et j'ai senti qu'elle était nue. Fary Thiam sentait l'encens et l'eau végétale du fleuve à la fois. Fary m'a déshabillé et je l'ai laissée faire. Fary m'a entraîné au sol et je me suis allongé sur elle. Avant Fary, je ne connaissais pas la femme, avant moi Fary ne connaissait pas l'homme. Sans savoir comment, je suis entré dans l'intérieur du milieu du corps de Fary. Par la vérité de Dieu, l'intérieur du corps de Fary était incroyablement doux, chaud et humide. Je suis resté longtemps sans bouger, palpitant dans l'intérieur de Fary. Puis tout à coup elle s'est mise à rouler des hanches sous moi, d'abord tout doucement, ensuite de plus en plus vite. Si je n'avais pas été dans le dedans de Fary, j'aurais certainement ri tellement nous devions être drôles à voir : parce que moi aussi j'ai commencé à secouer dans tous les sens mes reins et chacun de mes mouvements était récompensé par un coup de reins de Fary Thiam. Fary me donnait des coups de reins en gémissant et moi je lui rendais des coups de reins en gémissant aussi. Par la vérité de Dieu, si ça n'avait pas été aussi bon, si j'avais pris le temps de nous regarder en pensée gigoter l'un contre l'autre de cette façon, j'aurais beaucoup ri. Mais je ne pouvais pas rire, je ne pouvais que gémir de joie dans le dedans de Fary Thiam. À force d'agiter comme ça le milieu de notre corps dans tous les sens, ce qui arrive toujours est arrivé cette fois aussi. J'ai joui dans le dedans de Fary et j'ai joui en criant.

C'était fort et beaucoup mieux qu'avec ma main. Fary Thiam a crié aussi à la fin. Heureusement que personne ne nous a entendus.

Quand nous nous sommes relevés Fary et moi, nous tenions à peine sur nos jambes. Je ne voyais pas son regard dans la pénombre du bosquet d'ébéniers. Pourtant la lune était pleine, elle était énorme, elle était presque jaune comme un petit soleil reflété sur l'eau végétale du fleuve. Elle éteignait les étoiles autour d'elle mais les ébéniers nous protégeaient de son éclat. Fary Thiam s'est rhabillée et elle m'a aidé à me rhabiller comme un petit enfant. Fary m'a embrassé sur la joue et puis elle s'est éloignée vers Gandiol sans se retourner. Je suis resté là à regarder la lune flamber sur le fleuve. Je suis resté longtemps à regarder le fleuve en feu sans penser à rien. Par la vérité de Dieu, ça a été la dernière fois que j'ai vu Fary Thiam avant de partir pour la guerre.

XV

Mademoiselle François, une des nombreuses filles du docteur François tout habillées en blanc, m'a regardé comme Fary Thiam m'avait regardé le soir où elle avait voulu qu'on fasse l'amour près du fleuve en feu. J'ai souri à mademoiselle François, qui est une très belle jeune fille comme Fary. Mademoiselle François a des yeux bleus jumeaux. Mademoiselle François m'a rendu mon premier sourire et son regard s'est attardé sur le milieu de mon corps. Mademoiselle François n'est pas comme son père, le docteur. Par la vérité de Dieu, elle est vivante. Mademoiselle François m'a dit de ses yeux bleus jumeaux qu'elle me trouvait très beau de haut en bas.

Mais si Mademba Diop, mon plus que frère, avait été encore vivant, il m'aurait dit : « Non, tu mens, elle ne t'a pas dit que tu étais beau. Mademoiselle François n'a pas dit qu'elle te voulait ! Tu mens, c'est faux, tu ne sais pas parler français ! » Mais moi, je n'ai pas besoin de parler français pour comprendre le langage des yeux de mademoiselle François. Par la vérité de Dieu, je sais que je suis beau, tous les yeux me le disent. Les yeux bleus et les yeux noirs, les yeux des hommes et ceux des femmes. Les yeux de Fary Thiam me l'ont dit, comme ceux de toutes les femmes de Gandiol, quel que soit leur âge. Les yeux de mes amis, filles et garçons, me l'ont toujours dit quand j'étais presque nu sur l'aire de sable pour la lutte corps à corps. Même les yeux de Mademba Diop, mon plus que frère, ce gringalet, ce maigrichon, n'ont pu s'empêcher de me dire que j'étais le plus beau lors de mes combats de lutte corps à corps.

Mademba Diop avait le droit de me dire tout ce qu'il voulait, de se moquer de moi, parce que la parenté à plaisanterie le lui permettait. Mademba Diop pouvait ironiser, taquiner ma façon d'être, parce que c'était mon plus que frère. Mais, Mademba n'a jamais rien pu dire sur mon physique. Je suis tellement beau que, quand je souris, tous les gens, à part les sacrifiés de la terre à personne, me sourient aussi. Quand je découvrais mes dents très, très blanches et bien rangées, même Mademba Diop, le plus grand moqueur que la Terre ait porté, ne pouvait s'empêcher de découvrir à son tour ses vilaines dents. Mais, par la vérité de Dieu, Mademba n'aurait jamais admis qu'il enviait mes belles dents très, très blanches, ma poitrine et mes épaules très, très larges, ma taille et mon ventre étroits, mes cuisses très musclées. Mademba se contentait de laisser ses yeux me dire qu'il m'enviait et qu'il m'aimait en même temps. Les yeux de Mademba m'ont toujours dit, lorsque je gagnais quatre combats de lutte à la suite, au clair de lune, moi ruisselant de lumière sombre, prisonnier de la foule de mes admiratrices et de mes admirateurs, ses yeux me disaient : « Je te jalouse, mais je t'aime aussi. » Ses yeux me disaient : « J'aimerais être toi, mais je suis fier de toi. » Comme toute chose en ce bas monde, le regard de Mademba sur moi était double.

À présent que je suis loin de la bataille où j'ai perdu mon plus que frère Mademba, loin des petits obus malicieux décapitants et des gros grains rouges de guerre tombant du ciel métallique, loin du capitaine Armand et de son sifflet de mort, loin de mon aîné le croix de guerre chocolat Ibrahima Seck, je me dis que je n'aurais jamais dû me moquer de mon ami. Mademba avait de vilaines dents, mais il était courageux. Mademba avait une cage thoracique de pigeon, mais il était courageux. Mademba avait des cuisses maigres à faire peur, mais c'était un vrai guerrier. Je sais, j'ai compris que je n'aurais pas dû le pousser par mes mots à me montrer un courage que je connaissais déjà. Je sais, j'ai compris que c'était parce que Mademba m'enviait et m'aimait à la fois qu'il est parti devant dès que le capitaine Armand a sifflé l'attaque le jour de sa mort. C'était pour me montrer qu'on n'a pas besoin d'avoir de belles dents, d'avoir de belles épaules et un large torse, des cuisses et des bras très, très forts pour être vraiment courageux. Alors je finis par penser que ce ne sont pas seulement mes paroles qui ont tué Mademba. Ce ne sont pas seulement mes paroles sur le totem des Diop, blessantes comme les grains métalliques qui nous tombent du ciel de la guerre, qui l'ont tué. Je sais, j'ai compris que toute ma beauté et que toute ma force aussi ont tué Mademba, mon plus que frère, qui m'aimait et m'enviait à la fois. Ce sont la beauté et la force de mon corps qui l'ont tué, c'est le regard de toutes les femmes sur le milieu de mon corps qui l'a tué. Ce sont tous ces regards qui caressaient mes épaules, ma poitrine, mes bras et mes jambes, qui s'attardaient sur mes dents bien rangées et mon fier nez busqué, qui l'ont tué.

Avant même que la guerre commence, avant même que nous partions tous les deux ensemble, Mademba Diop et moi, à la guerre, des gens ont essayé de nous désunir. Par la vérité de Dieu, les mauvaises gens de Gandiol ont décidé de nous séparer en racontant déjà à Mademba que j'étais un *dëmm*, que je mangeais sa force vitale petit à petit dans son sommeil. Ces gens de Gandiol ont dit à Mademba – je l'ai appris de la bouche de Fary Thiam qui nous aimait tous les deux –, ils ont dit : « Vois comme Alfa Ndiaye est florissant de beauté et vois comme tu es maigre et laid. C'est lui qui absorbe toutes tes forces vitales à ton détriment et à son profit, car c'est un *dëmm*, un dévoreur d'âmes sans pitié pour toi. Abandonne-le, ne le fréquente plus, sinon tu cours à ta pulvérisation. Le dedans de ton corps va s'assécher pour devenir poussière ! » Mais Mademba, malgré ces mauvaises paroles, ne m'a jamais abandonné seul à ma beauté resplendissante. Par la vérité de Dieu, Mademba n'a jamais cru que j'étais un *dëmm*. Au contraire, quand je voyais revenir Mademba la lèvre fendue, je ne me doutais pas qu'il se battait pour me défendre contre les mauvaises gens de Gandiol. C'est Fary Thiam qui me l'a raconté, juste avant que nous partions, Mademba et moi, à la guerre en France. C'est grâce à Fary qui nous aimait tous les deux que j'ai compris que malgré sa poitrine étroite de pigeon, ses bras et ses cuisses maigres à faire peur, Mademba, mon plus que frère, ne craignait pas les coups de jeunes hommes plus forts que lui. Par la vérité de Dieu, c'est plus facile d'être courageux quand on a une large poitrine et des bras et des cuisses aussi épais et forts que les miens. Mais les vrais courageux comme Mademba, ce sont ceux qui n'ont pas peur des coups malgré leur faiblesse. Par la vérité de Dieu, maintenant je peux me l'avouer à moi-même, Mademba était plus courageux que moi. Mais je sais, j'ai compris trop tard que j'aurais dû le lui dire avant sa mort.

Même donc si je ne parle pas le français de mademoiselle François, j'ai compris le langage de ses yeux sur le milieu de mon corps. Ce n'était pas difficile de le comprendre. C'était le même que celui de Fary Thiam et de toutes les autres femmes qui m'ont voulu.

Mais par la vérité de Dieu, dans le monde d'avant, moi je n'ai jamais voulu une autre que Fary Thiam. Fary n'était pas la plus belle fille de ma classe d'âge, mais c'était celle dont le sourire me remuait le cœur. Fary était très, très émouvante. Fary avait la voix douce comme les clapotis du fleuve sillonné par les pirogues les matins de pêche silencieuse. Le sourire de Fary était une aurore, ses fesses aussi rebondies que les dunes du désert de Lompoul. Fary avait des yeux de biche et de lion à la fois. Tantôt tornade de terre, tantôt océan de tranquillité. Par la vérité de Dieu, j'aurais pu perdre l'amitié de Mademba pour gagner l'amour de Fary. Heureusement, Fary m'a choisi plutôt que Mademba. Heureusement, mon plus que frère s'est effacé devant moi. C'est grâce à Fary qui m'a choisi aux yeux de tous que Mademba s'est désisté.

Elle m'a choisi une nuit d'hivernage. Avec ceux de ma classe d'âge nous avions annoncé une nuit blanche, une veillée, une nuit sans sommeil à essayer de briller par des mots d'esprit jusqu'à l'aurore dans la concession des parents de Mademba. Nous boirions du thé maure, nous mangerions des sucreries avec les jeunes filles de notre classe d'âge dans la cour de chez Mademba. Nous parlerions d'amour à mots couverts. Nous nous étions cotisés et nous avions acheté à la boutique du village trois paquets de thé maure et un grand cône de sucre enveloppé dans du papier bleu. Avec tout ce sucre nous avions confectionné une centaine de petits gâteaux de mil. Nous avions étendu de grandes nattes sur le sable fin de la cour de chez Mademba. La nuit venue, nous avions posé sept petites théières en émail rouge sur les berceaux incandescents de sept petits fourneaux grésillant d'étincelles. Nous avions disposé soigneusement les petits gâteaux de mil sur de grands plateaux métalliques imitant la faïence de France et loués à la boutique. Nous avions mis nos plus belles chemises, les plus claires possible pour resplendir sous le clair de lune. Je n'avais pas de chemise avec des boutons. Mademba m'en avait donné une trop petite pour moi, mais je resplendissais malgré tout quand les dix-huit jeunes filles de notre classe d'âge ont fait leur entrée dans la concession de la famille de Mademba.

Nous avions seize années de vie et nous voulions tous Fary Thiam, qui pourtant n'était pas la plus belle. Et Fary Thiam m'a choisi entre tous. Dès qu'elle m'a aperçu assis sur la natte, elle est venue s'asseoir en tailleur tout près de moi, au point de toucher ma cuisse droite avec sa cuisse gauche. Par la vérité de Dieu, j'ai cru que mon cœur allait me casser les côtes de l'intérieur tellement il battait, battait, battait. Par la vérité de Dieu, dès ce moment j'ai su ce qu'était être heureux. Aucune joie plus grande que celle donnée par Fary quand elle m'a choisi sous la lumière brillante de la lune.

Nous avions seize années de vie et nous voulions rire. Nous avons raconté tour à tour de courtes histoires plaisantes pleines de sous-entendus malins, nous avons inventé des devinettes. Parmi nous étaient venus se glisser les petits frères et sœurs de Mademba qui s'étaient endormis les uns après les autres en nous écoutant. Et moi je me sentais comme le roi de toute la Terre parce que Fary m'avait choisi et pas un autre. J'ai pris la main gauche de Fary pour la presser dans ma main droite et elle me l'a abandonnée, confiante. Par la vérité de Dieu, Fary Thiam n'a pas d'égale. Mais Fary ne voulait pas s'offrir à moi. Chaque fois que je lui demandais de me laisser entrer dans le dedans de son corps après cette nuit où elle m'avait choisi parmi tous ceux de ma classe d'âge, elle refusait. Fary a toujours dit « non », « non » et « non » pendant quatre années. Un garçon et une fille de la même classe d'âge ne font jamais l'amour. Même s'ils se sont choisis pour être amis intimes à vie, un garçon et une fille de la même classe d'âge ne deviennent jamais mari et femme. Je le savais, je connaissais cette loi pesante. Par la vérité de Dieu, je connaissais la règle ancestrale, mais je ne l'acceptais pas.

Peut-être que je commençais à penser par moi-même bien avant la mort de Mademba. Comme dit le capitaine, il n'y a pas de fumée sans feu. Comme dit un proverbe des nomades peuls : « C'est dès l'aurore que l'on peut deviner si la journée sera bonne ou mauvaise. » Peut-être que mon esprit commençait à douter de la voix du devoir, trop bien costumée, trop bien habillée pour être honnête. Peut-être que mon esprit se préparait déjà à dire « non » aux lois inhumaines qui se font passer pour humaines. Mais je gardais espoir, malgré ses refus, même si je savais, je comprenais pourquoi Fary m'avait toujours dit « non » jusqu'à la veille de notre départ à la guerre, Mademba et moi.

XVI

Par la vérité de Dieu, le docteur François est un bon homme. Le docteur François nous laisse le temps de penser, de nous retourner sur nous-mêmes. Le docteur François nous rassemble, moi et les autres, dans une grande salle où il y a des tables et des chaises comme à l'école. Moi je n'ai jamais été à l'école, mais Mademba oui. Mademba savait parler le français, moi non. Le docteur François est comme un maître d'école. Il nous dit de nous asseoir sur les chaises et sur chaque table sa fille, mademoiselle François, habillée tout en blanc, dépose une feuille de papier et un crayon. Puis, par signes, le docteur François nous demande de dessiner tout ce qu'on veut. Je sais, j'ai compris que derrière ses lunettes qui grossissent ses yeux bleus jumeaux, le docteur François regarde le dedans de nos têtes. Ses yeux bleus jumeaux ne sont pas comme ceux des ennemis d'en face cherchant à nous séparer la tête du reste du corps par des petits obus malicieux. Ses yeux bleus jumeaux perçants nous scrutent pour sauver nos têtes. Je sais, j'ai compris que nos dessins sont là pour l'aider à laver nos esprits des saletés de la guerre. Je sais, j'ai compris que le docteur François est un purificateur de nos têtes souillées de guerre.

Par la vérité de Dieu, le docteur François est reposant. Le docteur François ne nous parle presque jamais. Il ne nous parle qu'avec les yeux. Ça tombe bien parce que je ne sais pas parler français, contrairement à Mademba qui est allé à l'école des Toubabs. Alors je parle au docteur François par des dessins. Mes dessins plaisent beaucoup au docteur François, qui me le dit à travers ses deux gros yeux bleus jumeaux quand il me regarde en souriant. Le docteur François hoche la tête et je comprends ce qu'il veut me dire. Il veut me dire que ce que je dessine est très beau et très parlant. Je sais, j'ai compris très vite que mes dessins racontaient mon histoire. Je sais, j'ai compris que le docteur François lisait mes dessins comme une histoire.

Ce que j'ai dessiné en premier sur la feuille que m'a donnée le docteur François est une tête de femme. J'ai dessiné la tête de ma mère. Par la vérité de Dieu, ma mère est très belle dans mon souvenir et je l'ai dessinée bien coiffée à la mode peule, bien parée de ses bijoux à la mode peule. Le docteur François n'en revenait pas de voir les beaux détails de mon dessin. Ses deux gros yeux bleus jumeaux derrière ses lunettes me l'ont dit clairement. Rien qu'avec mon crayon, j'ai donné vie à la tête de ma mère. Je sais, j'ai compris très vite ce qui donne vie à une tête dessinée au crayon, à un portrait de femme comme celui de ma mère. Ce qui donne vie sur la feuille de papier, c'est le jeu de l'ombre et de la lumière. J'ai mis des éclats de lumière dans les grands yeux de ma mère. Ces éclats de lumière ont surgi des étincelles blanches du papier que je n'avais pas crayonnées en noir. La vie de sa tête est née aussi des minuscules parcelles de papier que mon crayon à mine a juste effleurées de noir. Par la vérité de Dieu, j'ai su, j'ai compris, j'ai trouvé comment, avec un simple crayon à papier, je pouvais raconter au docteur François combien ma mère peule était belle de ses lourds pendentifs d'or torsadé aux oreilles et des fins anneaux d'or rouge piqués aux ailes de son nez busqué. Je pouvais dire au docteur François combien ma mère était belle dans mes souvenirs d'enfant par ses paupières charbonnées, par ses lèvres peintes entrouvertes sur de belles dents blanches très, très bien rangées et par son casque de tresses parsemées de pièces d'or. Je l'ai dessinée d'ombre et de lumière. Par la vérité de Dieu, je crois que mon dessin était si vivant que le docteur François a entendu ma mère lui dire de sa bouche dessinée qu'elle était partie, mais qu'elle ne m'avait pas oublié. Qu'elle était partie en me laissant chez mon père, ce vieil homme, mais qu'elle m'aimait toujours.

Ma mère a été la quatrième et dernière épouse de mon père. Ma mère a été source de joie puis de chagrin pour lui. Ma mère était la fille unique de Yoro Ba. Yoro Ba était un pasteur peul qui chaque année faisait passer son troupeau au milieu des champs de mon père, à l'époque de la transhumance vers le sud. Son troupeau, venu de la vallée du fleuve Sénégal, rejoignait pendant la saison sèche les plaines éternellement herbeuses des Niayes, toutes proches de Gandiol. Yoro Ba aimait mon père, ce vieil homme, parce qu'il lui donnait accès à ses puits d'eau douce. Par la vérité de Dieu, les paysans de Gandiol n'aimaient pas les pasteurs peuls. Mais mon père n'était pas un paysan comme les autres. Mon père avait ouvert un passage au milieu de ses champs vers ses propres puits pour le troupeau de Yoro Ba. Mon père disait toujours à ceux qui voulaient l'entendre qu'il fallait que tout le monde vive. Mon père avait l'hospitalité dans le sang.

On ne fait pas de si beaux cadeaux impunément à un Peul digne de ce nom. Un Peul digne de ce nom comme Yoro Ba qui conduisait ses troupeaux au milieu des champs de mon père pour aller les abreuver à ses puits ne pouvait manquer en retour de lui faire un cadeau très, très important. Par la vérité de Dieu, c'est ma mère qui me l'a dit : un Peul auquel on fait un cadeau qu'il ne peut pas rendre peut en mourir de chagrin. Un Peul, m'a-t-elle raconté, est capable de se dénuder pour gratifier un griot louangeur s'il ne lui reste plus que ses habits à lui donner. Un Peul digne de ce nom, m'a-t-elle dit, peut même aller jusqu'à se couper une oreille pour récompenser un griot louangeur quand il ne lui reste plus rien d'autre qu'un morceau de son corps à lui donner.

Pour Yoro Ba qui était veuf, à part son troupeau de vaches blanches, rouges et noires, ce qui comptait le plus, c'était sa fille au milieu de ses cinq fils.

Par la vérité de Dieu, pour Yoro Ba, sa fille Penndo Ba n'avait pas de prix. Pour Yoro Ba, sa fille aurait mérité d'épouser un prince. Penndo aurait pu lui valoir une dot royale, au moins un grand troupeau équivalent au sien, au moins trente dromadaires chez les Maures du Nord. Par la vérité de Dieu, c'est ma mère qui me l'a raconté.

Alors Yoro Ba, parce que c'était un Peul digne de ce nom, a annoncé à mon père, ce vieil homme, qu'il lui donnerait sa fille Penndo Ba en mariage à la transhumance suivante. Yoro Ba ne demandait pas de dot pour sa fille. Il ne voulait qu'une chose : que mon père fixe la date de la cérémonie de son mariage avec Penndo. Yoro Ba pourvoirait à tout, il achèterait les habits et les bijoux en or torsadé de la mariée, il abattrait vingt têtes de son troupeau le jour du mariage. Il paierait les griots louangeurs en dizaines de mètres de tissus de prix, du lourd bazin brodé et des indiennes légères fabriquées en France.

On ne dit pas « non » à un Peul digne de ce nom qui vous donne sa fille adorée en mariage pour rendre l'hospitalité faite à son troupeau. On peut dire « pourquoi ? » à un Peul digne de ce nom, mais on ne peut pas lui dire « non ». Par la vérité de Dieu, mon père a demandé « Pourquoi ? » à Yoro Ba qui lui a répondu, c'est ma mère qui me l'a rapporté : « Bassirou Coumba Ndiaye, tu es un simple paysan mais tu es noble. Comme dit un proverbe peul : "Tant que l'homme n'est pas mort, il n'a pas fini d'être créé." J'ai vu beaucoup d'hommes dans ma vie, mais aucun homme comme toi. Je tire profit de ta sagesse pour grandir en sagesse. Comme tu as le sens de l'hospitalité d'un prince, en te donnant ma fille Penndo, je mêle mon sang à celui d'un roi qui s'ignore. En te donnant Penndo en mariage, je réconcilie l'immobilité et la mobilité, le temps qui s'arrête et le temps qui s'écoule, le passé et le présent. Je réconcilie les arbres enracinés et le vent qui agite leurs feuilles, la terre et le ciel. »

On ne peut pas dire « non » à un Peul qui vous donne son propre sang. Alors mon père, ce vieil homme qui avait déjà trois femmes, a dit « oui » à la quatrième, avec l'accord des trois premières. Et la quatrième femme de mon père, Penndo Ba, est celle qui m'a donné le jour.

Mais sept ans après le mariage de Penndo Ba, six ans après ma naissance, Yoro Ba, ses cinq fils et leur troupeau n'ont plus reparu à Gandiol.

Deux années de suite Penndo Ba n'a vécu que dans l'attente de leur retour. La première année, Penndo est restée aimable avec ses coépouses, avec son mari, avec moi, son fils unique, mais elle n'était pas heureuse. Elle ne supportait plus l'immobilité. Penndo avait accepté mon père, ce vieil homme, alors qu'elle sortait tout juste de l'enfance. Elle avait accepté de l'épouser par respect pour la parole donnée, par respect pour Yoro Ba. Penndo avait fini par aimer Bassirou Coumba Ndiaye mon père parce qu'il était son exact contraire. Il était vieux comme un paysage immuable, elle était jeune comme un ciel changeant. Il était immobile comme un baobab, elle était fille du vent. Parfois les contraires se fascinent tant ils sont éloignés l'un de l'autre. Penndo avait fini par aimer mon père, ce vieil homme, parce qu'il concentrait toute la sagesse de la terre et des saisons qui reviennent. Mon père, ce vieil homme, idolâtrait Penndo parce qu'elle était ce qu'il n'était pas : le mouvement, l'instabilité joyeuse, la nouveauté.

Mais Penndo n'avait supporté l'immobilité pendant sept ans qu'à la condition que son père, ses frères et leur troupeau reviennent chaque année la voir à Gandiol. Ils transportaient sur eux l'odeur du voyage, l'odeur des campements dans la brousse, l'odeur des veillées pour défendre le troupeau des lions affamés. Ils portaient dans leurs yeux le souvenir des bêtes égarées sur le chemin et toujours retrouvées, vivantes ou mortes, jamais abandonnées. Ils lui parlaient de la route perdue sous la poussière du jour et retrouvée à la lueur des étoiles. Ils lui rapportaient dans leur langue chantante de Peuls, le fulfuldé, leur année de vie nomade chaque fois qu'ils repassaient par Gandiol pour reconduire leur grand troupeau de vaches blanches, rouges et noires vers les plaines éternellement herbeuses des Niayes.

Penndo, qui ne supportait Gandiol que dans l'attente de leur retour, commença à dépérir dès la première année de leur absence. Penndo Ba cessa définitivement de rire la deuxième fois qu'ils ne vinrent pas. Tous les matins pendant la saison sèche, alors qu'ils auraient dû être là, elle m'emmenait voir les puits où Yoro Ba abreuvait son troupeau. Elle regardait tristement la route tracée pour eux au milieu de ses champs par mon père. Elle tendait l'oreille, espérant entendre le lointain mugissement des bêtes de Yoro Ba et de ses frères. Je regardais furtivement ses yeux affolés de solitude et de regrets quand nous rentrions tous les deux lentement à Gandiol après des heures d'attente inavouées aux frontières nord les plus éloignées du village.

J'avais neuf ans quand mon père qui aimait Penndo Ba lui a dit de partir à la recherche de Yoro Ba, de ses frères et de leur troupeau. Mon père préférait qu'elle parte plutôt qu'elle ne meure. Je sais, j'ai compris que mon père préférait savoir ma mère en vie loin de lui plutôt que morte à sa porte, allongée dans le cimetière de Gandiol. Je le sais, je l'ai compris parce que mon père est devenu un vieil homme dès que Penndo nous a quittés. Du jour au lendemain ses cheveux sont devenus tout blancs. Du jour au lendemain son dos s'est voûté. Du jour au lendemain mon père s'est immobilisé. Dès que Penndo est partie mon père a commencé à l'attendre. Par la vérité de Dieu, personne n'a songé à se moquer de lui.

Penndo voulait m'emmener avec elle, mais mon père, ce vieil homme, a refusé. Mon père a dit que j'étais trop jeune pour partir à l'aventure. Ce ne serait pas simple de retrouver Yoro Ba encombrée d'un jeune enfant. Mais moi je sais, j'ai compris qu'en vérité mon père avait peur que Penndo ne revienne jamais si je partais avec elle. Moi à Gandiol, il était sûr qu'elle aurait une raison très, très importante de rentrer à la maison. Par la vérité de Dieu, mon père aimait sa Penndo.

Un soir, peu avant son départ, Penndo Ba, ma mère, m'a serré dans ses bras. Elle m'a dit dans sa langue chantante, le fulfuldé, que je ne comprends plus depuis que je ne l'entends plus, que j'étais un grand garçon, que je pouvais écouter ses raisons. Il fallait qu'elle sache ce qui était arrivé à mon grand-père, à mes oncles et à leur troupeau. On n'abandonne jamais ceux à qui on doit la vie. Une fois qu'elle saurait, elle reviendrait : elle n'abandonnerait jamais celui à qui elle avait donné la vie. Par la vérité de Dieu, les paroles de ma mère m'ont fait du bien et du mal. Elle m'a serré dans ses bras et elle n'a plus rien dit. Comme mon père, dès qu'elle est partie j'ai commencé à l'attendre.

Mon père, ce vieil homme, a demandé à mon demi-frère aîné, Ndiaga, le pêcheur, de conduire Penndo en pirogue le plus loin possible sur le fleuve vers le nord, puis vers l'est. Ma mère avait obtenu que je l'accompagne une demi-journée. Ndiaga avait attaché une petite pirogue à l'arrière de la grande qui nous transportait moi, ma mère et Saliou, un autre de mes demi-frères devant me ramener à Gandiol le moment venu. Assis côte à côte sur un banc à la tête de la pirogue, silencieux, nous nous tenions la main, ma mère et moi. Nous regardions ensemble l'horizon du fleuve sans le voir vraiment. Le roulis, au hasard de ses caprices, déposait de temps en temps ma tête sur l'épaule nue de Penndo. Je sentais les éclairs de chaleur de sa peau contre mon oreille droite. J'ai fini par m'accrocher à son bras pour que ma tête ne quitte plus son épaule. Je rêvais que la déesse Mame Coumba Bang nous retienne longtemps au milieu du fleuve, malgré les libations de lait caillé que nous lui avions offertes en quittant les rives de notre village. Je priais qu'elle enlace notre pirogue de ses longs bras liquides, que ses cheveux d'algues brunes retardent notre avancée malgré les grands coups de pagaie dont mes demi-frères battaient en cadence son dos pour remonter son cours puissant. Essoufflés par leur labeur de paysans du fleuve traçant des sillons invisibles sur l'eau, Ndiaga et Saliou se taisaient. Ils étaient aussi tristes pour moi que malheureux pour ma mère qui se séparait de son fils unique. Même mes demi-frères aimaient Penndo Ba.

Le temps vint de se séparer. Muets, la tête et les yeux baissés, nous avons tendu nos mains jointes vers ma mère pour qu'elle nous bénisse. Nous l'avons écoutée murmurer des prières inconnues, de longues prières de bénédiction d'un Coran qu'elle connaissait mieux que nous. Quand elle s'est tue, nous avons passé les paumes de nos mains jointes sur notre visage pour recueillir le moindre souffle de ses prières, comme si nous buvions à leur source. Puis Saliou et moi sommes passés dans la petite pirogue que Ndiaga avait détachée d'un geste brusque de colère contenue contre lui-même, contre les larmes qui lui montaient aux yeux. Alors ma mère m'a regardé intensément une dernière fois pour fixer mon image dans sa mémoire. Et puis, tandis que ma pirogue était emportée dans les doux clapotis du courant, elle m'a tourné le dos. Je sais, j'ai compris qu'elle ne voulait pas que je la voie pleurer. Par la vérité de Dieu, une femme peule digne de ce nom ne pleure pas devant son fils. Moi j'ai beaucoup, beaucoup pleuré.

Personne ne sait vraiment ce que Penndo Ba est devenue. Mon demi-frère Ndiaga l'avait menée en pirogue jusqu'à la ville de Saint-Louis. Là, il l'avait confiée à un autre pêcheur du nom de Sadibou Guèye qui devait la conduire contre le prix d'un mouton, dans sa pirogue de commerce, jusqu'à Walaldé, dans le Diéri, où campaient ordinairement à cette époque de l'année Yoro Ba, ses cinq fils et leur troupeau. Mais les eaux du fleuve étant trop basses, Sadibou Guèye avait confié Penndo à l'un de ses cousins, Badara Diaw, pour qu'il l'accompagne à pied jusqu'à Walaldé en longeant la rive du fleuve. Des témoins les ont vus peu après le village de Mboyo avant qu'ils ne s'évaporent dans la brousse. Jamais ma mère et Badara Diaw ne sont arrivés à Walaldé.

Nous l'avons appris quand mon père, au bout d'un an, lassé d'attendre des nouvelles de Penndo et de Yoro Ba, avait renvoyé mon demi-frère Ndiaga interroger Sadibou Guèye qui, sur-le-champ, s'était rendu à Podor, où vivait Badara Diaw. La famille de Badara Diaw, sans nouvelles de lui pendant un mois, l'avait déjà fait rechercher sur la route qu'il avait annoncé emprunter avec ma mère. En pleurant des larmes de sang ils avaient raconté à Sadibou Guèye le malheur qu'ils pensaient être arrivé. À coup sûr Badara et Penndo avaient été tous les deux enlevés, peu après Mboyo, par une dizaine de cavaliers maures dont des villageois avaient aperçu les traces sur les berges du fleuve. Les Maures du Nord s'emparent des Noirs pour en faire des esclaves. Je sais, j'ai compris qu'en voyant Penndo Ba si belle ils n'avaient pas manqué de l'enlever pour la vendre à leur grand Cheikh contre trente dromadaires. Je sais, j'ai compris qu'ils avaient enlevé son compagnon de route Badara Diaw pour qu'on ne sache pas contre qui se venger.

Alors, dès qu'il a appris la nouvelle de l'enlèvement de Penndo Ba par les Maures, mon père est définitivement entré dans la vieillesse. Il a continué à rire, à nous sourire, à plaisanter sur le monde et sur lui, mais il n'était plus le même. Par la vérité de Dieu, il avait perdu tout d'un coup la moitié de sa jeunesse, il avait perdu la moitié de sa joie d'exister.

XVII

Le deuxième dessin que j'ai fait au docteur François, ça a été le portrait de Mademba, mon ami, mon plus que frère. Ce dessin-là a été moins beau. Non pas parce que je l'ai moins réussi, mais parce que Mademba était vilain. Je le pense encore, même si ce n'est pas tout à fait vrai, parce que, malgré la mort qui nous sépare, la parenté à plaisanterie existe toujours entre nous deux. Mais si Mademba n'était pas aussi beau que moi à l'extérieur, à l'intérieur il l'était plus.

Quand ma mère est partie sans retour, Mademba m'a accueilli chez lui. Il m'a pris par la main et m'a fait entrer dans la concession de ses parents. Mon installation chez Mademba s'est faite petit à petit. J'y ai dormi une nuit, puis deux d'affilée, puis trois. Par la vérité de Dieu, mon entrée dans la vie de la famille de Mademba Diop s'est faite douce-ment. Je n'avais plus ma maman. Mademba, qui avait de la peine pour moi, plus que toute autre personne à Gandiol, a voulu que sa maman m'adopte. Mademba m'a pris par la main et m'a conduit à Aminata Sarr. Il a mis ma main dans celle de sa

103

mère et il lui a dit : « Je veux qu'Alfa Ndiaye vive chez nous, je veux que tu deviennes sa maman. » Les coépouses de mon père n'étaient pas méchantes, elles étaient même gentilles avec moi, surtout la première, la mère de Ndiaga et de Saliou. Mais, malgré tout, je suis sorti tout doucement de ma famille pour entrer dans celle de Mademba. Mon père, ce vieil homme, l'a accepté sans rien dire. Il a dit « oui » à Aminata Sarr, la mère de Mademba qui voulait m'adopter. Mon père a même demandé à sa première femme, Aïda Mbengue, de donner à chaque Tabaski la plus belle part du mouton sacrifié à Aminata Sarr. Il a même fini par envoyer chaque année un mouton entier de sacrifice dans la concession de la famille de Mademba. Mon père, ce vieil homme, ne pouvait pas me voir sans avoir envie de pleurer. Je sais, j'ai compris que je ressemblais trop à sa Penndo.

Tout doucement la tristesse est partie, tout doucement Aminata Sarr et Mademba m'ont fait oublier avec l'aide du temps qui passe la douleur qui mord. Au début, Mademba et moi, nous partions jouer dans la brousse, toujours vers le nord. Lui et moi, entre nous, nous savions, nous comprenions pourquoi. Mais nous taisions notre espoir d'être les premiers à revoir ma mère, Penndo, Yoro Ba, ses cinq fils et leur troupeau. Nous racontions à Aminata Sarr que nos expéditions d'une journée vers le nord, c'était pour attraper des rats palmistes dans nos pièges, c'était pour chasser des tourterelles au lance-pierre. Elle nous donnait sa bénédiction et de petites provisions, trois pincées de sel et une gourde d'eau fraîche. Et lorsque nous attrapions des rats palmistes ou des tourterelles et que nous les faisions rôtir – après les avoir vidés, plumées ou dépecés –, empalés au-dessus d'un petit feu discret de branchettes sèches, nous oubliions ma mère, son père, ses cinq frères et leur troupeau. En voyant crépiter les flammes orangées de notre petit foyer, ranimées de temps à autre par la graisse suintant de la peau craquelée de nos prises de brousse, nous ne pensions plus à la douleur de l'absence qui tord les entrailles, mais à la faim qui ne les tord pas moins. Nous arrêtions de rêver que Penndo s'était échappée de sa captivité maure par un miracle incroyable, qu'elle avait retrouvé à Walaldé son père, ses cinq frères et leur troupeau et qu'ils revenaient ensemble à Gandiol. À cette époque trop proche de son enlèvement, je ne savais pas surmonter l'absence irrémédiable de ma mère autrement qu'en jouant au chasseur-cuisinier de rats palmistes et de tourterelles avec Mademba, mon plus que frère.

Nous avons grandi tout doucement, Mademba et moi. Et tout doucement nous avons renoncé à prendre la route du nord de Gandiol pour attendre le retour de Penndo. À l'âge de quinze ans, nous avons été circoncis le même jour. Nous avons été initiés aux secrets de l'âge adulte par le même ancien du village. Il nous a appris comment se conduire. Le plus grand secret qu'il nous a enseigné est que ce n'est pas l'homme qui dirige les événements mais les événements qui dirigent l'homme. Les événements qui surprennent l'homme ont tous été vécus par d'autres hommes avant lui. Tous les possibles humains ont été ressentis. Rien de ce qui nous arrive ici-bas, si grave ou si avantageux que ce soit, n'est neuf. Mais ce que nous ressentons est toujours neuf car chaque homme est unique, comme chaque feuille d'un même arbre est unique. L'homme partage avec les autres hommes la même sève, mais il s'en nourrit différemment. Même si le neuf n'est pas vraiment neuf, il reste toujours neuf pour ceux qui viennent sans cesse s'échouer au monde, génération après génération, vague après vague. Alors, pour s'y retrouver dans la vie, pour ne pas se perdre en chemin, il faut écouter la voix du devoir. Penser trop par soi-même, c'est trahir. Celui qui comprend ce secret a des chances de vivre en paix. Mais rien n'est moins sûr.

Je suis devenu grand et fort, et Mademba est resté petit et malingre. Chaque année à la saison sèche, l'envie de revoir Penndo me serrait la gorge. Je ne savais pas chasser ma mère de mon esprit autrement qu'en épuisant mon corps. J'ai travaillé dans les champs de mon père et ceux de Siré Diop, le père de Mademba, j'ai dansé, j'ai nagé, j'ai lutté, tandis que Mademba est toujours resté assis à étudier, étudier encore et toujours. Par la vérité de Dieu, Mademba a appris le Saint Livre comme nul autre à Gandiol. Il récitait par cœur le Saint Coran à l'âge de douze ans, alors que moi je savais tout juste ânonner mes prières à quinze. Une fois devenu plus savant que notre marabout, Mademba a souhaité aller à l'école des Blancs. Siré Diop, qui ne voulait pas que son fils reste paysan comme lui, a accepté à condition que je l'accompagne. Des années durant, je l'ai escorté jusqu'à la porte de l'école que je n'ai franchie qu'une seule fois. Rien n'a pu entrer dans le dedans de ma tête. Je sais, j'ai compris que le souvenir de ma mère figeait toute la surface de mon esprit, dure comme la carapace d'une tortue. Je sais, j'ai compris qu'il n'y avait sous cette carapace que le vide de l'attente. Par la vérité de Dieu, la place du savoir était déjà prise. Alors j'ai préféré travailler dans les champs, danser et lutter pour éprouver ma force jusqu'à ses plus extrêmes limites, pour ne plus penser au retour impossible de ma mère Penndo Ba. Ce n'est que lorsque Mademba est mort que mon esprit s'est ouvert pour me laisser observer ce qui s'y dissimulait. On aurait dit qu'à la mort de Mademba un gros grain de guerre métallique tombé du ciel avait fendu en deux sa carapace. Par la vérité de Dieu, une souffrance nouvelle y a rejoint une souffrance ancienne. Les deux se sont envisagées, les deux se sont expliquées l'une avec l'autre, les deux se sont entre-donné du sens.

Quand nous sommes entrés dans notre vingtième année, Mademba a voulu aller à la guerre. L'école lui a mis dans la tête de sauver la mère patrie, la France. Mademba voulait devenir un grand quelqu'un à Saint-Louis, un citoyen français : « Alfa, le monde est vaste, je veux le parcourir. La guerre est une chance de partir de Gandiol. Si Dieu le veut, nous reviendrons sains et saufs. Quand nous serons devenus des citoyens français, nous nous installerons à Saint-Louis. Nous ferons du commerce. Nous deviendrons des grossistes et nous fournirons en denrées alimentaires toutes les boutiques du nord du Sénégal, y compris celle de Gandiol ! Une fois devenus riches nous chercherons et nous retrouverons ta mère et nous la rachèterons aux cavaliers maures qui l'ont enlevée. » Je l'ai suivi dans son rêve. Par la vérité de Dieu, je le lui devais bien. Et puis je me suis dit que si je devenais moi aussi un grand quelqu'un, un tirailleur sénégalais à vie, il se pourrait qu'en compagnie de mon détachement j'aille parfois rendre visite à quelques tribus des Maures du Nord avec mon fusil réglementaire dans la main gauche et mon coupe-coupe sauvage dans la main droite.

Une première fois les soldats recruteurs ont dit « non » à Mademba. Mademba était trop malingre, aussi léger et fin qu'une grue couronnée. Mademba était inapte à la guerre. Mais par la vérité de Dieu, Mademba était têtu. Mademba m'a demandé de l'aider à devenir résistant à la fatigue physique, lui qui jusqu'alors n'était résistant qu'à la fatigue mentale. Alors, pendant deux mois entiers, j'ai forcé la petite force de Mademba à grandir toujours plus. Je l'ai fait courir dans le sable lourd sous le soleil de plomb du milieu du jour, je lui ai fait traverser le fleuve à la nage, je lui ai fait frapper la terre des champs de son père à la daba pendant des heures et des heures. Par la vérité de Dieu, je l'ai forcé à manger des quantités énormes de bouillie de mil mélangée à du lait caillé et de la pâte d'arachide comme font les lutteurs dignes de ce nom pour se lester.

La seconde fois, les soldats recruteurs ont dit « oui ». Ils ne l'ont pas reconnu. De grue couronnée, il était devenu une assez grosse perdrix. J'ai dessiné au docteur François le rire qui avait jailli du visage de Mademba Diop quand je lui ai expliqué que s'il voulait devenir lutteur, son surnom de combat était déjà tout trouvé : Poitrine de tourterelle ! J'ai dessiné d'ombre et de lumière les yeux plissés de rire de Mademba quand j'ai ajouté que son totem ne le reconnaîtrait pas tellement il s'était remplumé.

XVIII

La veille de notre départ pour la guerre en France, Fary Thiam m'a dit « oui » avec les yeux, discrètement au milieu des filles et des garçons de notre classe d'âge. C'était un soir de pleine lune, nous avions vingt ans et nous voulions rire. Nous nous racontions de courtes histoires plaisantes pleines de sous-entendus malins et des devinettes aussi. Cette veillée, cette nuit blanche, ne se tenait plus dans la concession des parents de Mademba, comme quatre années plus tôt. Les jeunes frères et sœurs de Mademba étaient devenus trop grands pour s'endormir à nos histoires ambiguës. Nous étions assis sur de grandes nattes au coin d'une rue sablonneuse de notre village, à l'abri des branches basses d'un manguier. Fary était plus belle que jamais dans un habit jaune safran moulant sa poitrine, sa taille et ses hanches. Sous la lune, son habit avait l'air tout blanc. Fary m'a jeté un regard profond et rapide qui voulait dire : « Attention, Alfa, il va se passer quelque chose d'important ! » Fary m'a pressé la main comme au soir où elle m'avait choisi quand nous avions seize ans, elle a regardé subrepticement le milieu de mon corps puis elle s'est levée et a pris congé de l'assemblée. J'ai attendu qu'elle ait disparu au coin de la rue et je me suis levé aussi pour la suivre de loin jusqu'à la petite forêt d'ébéniers où nous n'avons pas eu peur de rencontrer la déesse du fleuve, Mame Coumba Bang, tellement nous avions le désir, moi d'entrer dans le creux des reins de Fary, elle que j'y entre.

Je sais, j'ai compris pourquoi Fary Thiam m'a ouvert le dedans de son corps avant que nous partions pour la guerre, Mademba et moi. Le dedans du corps de Fary était chaud, doux et moelleux. Je n'avais jamais goûté par la bouche ou par la peau quelque chose d'aussi chaud, doux et moelleux que l'intérieur du corps de Fary Thiam. La partie de mon corps, mon dedans-dehors qui est entré dans Fary n'avait jamais reçu une telle caresse enveloppante de haut en bas, ni dans le sable chaud du bord de l'océan où, jeté à plat ventre, je l'avais souvent planté pour en tirer du plaisir, ni dans le secret des eaux du fleuve sous les caresses de mes mains savonneuses. Par la vérité de Dieu, je n'ai rien connu de meilleur dans ma vie que la tendre chaleur mouillée de l'intérieur du corps de Fary, et je sais, j'ai compris pourquoi elle m'y a fait goûter au détriment de l'honneur de sa famille.

Je crois que Fary a commencé à penser par elle-même avant moi. Je pense qu'elle voulait qu'un si beau corps que le mien connaisse le bonheur de cette douceur avant de disparaître à la guerre. Je sais, j'ai compris que Fary voulait faire de moi un homme accompli avant que j'aille offrir mon beau corps de lutteur aux coups sanglants de la guerre. Voilà pourquoi Fary s'est offerte à moi malgré l'interdiction ancestrale. Par la vérité de Dieu, mon corps a ressenti toutes sortes de grandes joies avant Fary. J'ai éprouvé sa force dans des combats de lutte enchaînés les uns après les autres, je l'ai poussé jusqu'au bout de sa résistance par de longues courses sur le sable lourd de la plage après avoir traversé le fleuve à la nage. Je l'ai aspergé d'eau de mer sous un soleil d'enfer, je l'ai désaltéré d'eau fraîche, puisée au fond des puits de Gandiol, après avoir donné de grands coups de daba à la terre dans les champs de mon père et ceux de Siré Diop, des heures et des heures durant. Par la vérité de Dieu, mon corps a connu le plaisir d'atteindre les limites de sa force, mais jamais rien n'a été aussi fort que l'intérieur chaud, doux et moelleux de Fary. Par la vérité de Dieu, Fary m'a offert le plus beau cadeau qu'une jeune femme puisse faire à un jeune homme à la veille de son départ à la guerre. Mourir sans avoir connu toutes les joies du corps, ce n'est pas juste. Par la vérité de Dieu, je sais bien que Mademba n'a pas connu cette joie de pénétrer le dedans du corps d'une femme. Je le sais, il est mort alors qu'il n'était pas encore devenu un homme accompli. Il l'aurait été s'il avait connu la douceur tendre, mouillée et moelleuse de l'intérieur d'une femme aimée. Pauvre Mademba inachevé.

Je sais, j'ai compris pour quelle autre raison Fary Thiam m'a ouvert le dedans de son corps avant que nous partions pour la guerre, Mademba et moi. Quand la rumeur de la guerre est arrivée au village,

Fary a bien compris que la France et son armée m'enlèveraient à elle. Elle a su, elle a compris que je partirais à jamais. Elle a su, elle a compris que, même si je ne mourais pas à la guerre, je ne reviendrais plus à Gandiol. Elle a su, elle a compris que je m'installerais à Saint-Louis du Sénégal avec Mademba Diop, que je voudrais devenir un grand quelqu'un, un tirailleur sénégalais à vie, avec une grosse pension pour soulager les dernières années de mon vieux père et pour retrouver ma mère Penndo Ba un jour. Fary Thiam a compris que la France allait m'enlever à elle, soit que je meure, soit que je reste vivant.

Voilà aussi pourquoi Fary m'a offert le dedans chaud, moelleux et mouillé de son corps avant que je parte chez les Toubabs faire la guerre, malgré l'honneur de la famille Thiam, malgré la haine de son père pour le mien.

XIX

Abdou Thiam est le chef de notre village de Gandiol. C'est le droit coutumier qui l'a voulu. Abdou Thiam déteste mon père parce que mon père, ce vieil homme, lui a fait perdre la face devant tout le monde. Abdou Thiam est le collecteur des impôts du village et c'est pour cela qu'il a convoqué un jour une grande assemblée des anciens qui bientôt ont été encerclés par tous les gens de Gandiol. Inspiré par un envoyé du roi du Cayor et incité par un envoyé du gouverneur de Saint-Louis, Abdou Thiam a dit qu'il fallait suivre une nouvelle voie, qu'il fallait cultiver l'arachide plutôt que le mil, l'arachide plutôt que les tomates, l'arachide plutôt que les oignons, l'arachide plutôt que les choux, l'arachide plutôt que les pastèques. L'arachide, c'était un surplus d'argent pour tous. L'arachide, c'était de l'argent pour payer les impôts. L'arachide donnerait de nouveaux filets aux pêcheurs. L'arachide permettrait de creuser de nouveaux puits. L'argent de l'arachide, ce seraient des maisons en brique, une école en dur, de la tôle ondulée sur les toits des cases. L'argent de l'arachide, ce seraient des trains et des routes, des moteurs pour les pirogues, des dispensaires et des maternités. Les cultivateurs de l'arachide, avait conclu le chef Abdou Thiam, seraient exemptés des corvées, du travail obligatoire. Les récalcitrants, non.

Alors mon père, ce vieil homme, s'est levé et a demandé la parole. Je suis son dernier fils, son dernier enfant. Mon père porte un casque de cheveux blancs sur la tête depuis que Penndo Ba nous a quittés. Mon père est un soldat de la vie quotidienne qui n'a vécu que pour préserver ses femmes et ses enfants de la faim. Jour après jour, dans ce fleuve de durée qu'est la vie, mon père nous a rassasiés des fruits de ses champs et de ses vergers. Mon père, ce vieil homme, nous a fait croître et embellir, nous sa famille, comme les plantes dont il nous nourrissait. C'était un cultivateur d'arbres et de fruits, c'était un cultivateur d'enfants. Nous poussions droit et fort comme les grains qu'il plantait dans la terre légère de ses champs.

Mon père, ce vieil homme, s'est levé et a demandé la parole. On la lui a donnée et il a dit :

« Moi Bassirou Coumba Ndiaye, petit-fils de Sidy Malamine Ndiaye, arrière-petit-fils du petit-fils d'un des cinq fondateurs de notre village, je vais te dire, Abdou Thiam, une chose qui ne va pas te plaire. Je ne refuse pas de consacrer un de mes champs à la culture de l'arachide, mais je refuse de consacrer tous mes champs à l'arachide. L'arachide ne peut pas nourrir ma famille. Abdou Thiam, tu dis que l'arachide c'est de l'argent, mais par la vérité de Dieu, je n'ai pas besoin d'argent. Je nourris ma famille grâce au mil, aux tomates, aux oignons, aux haricots rouges, aux pastèques poussant dans mes champs. J'ai une vache qui me donne du lait, j'ai quelques moutons qui me donnent de la viande. Un de mes fils qui est pêcheur m'offre du poisson séché. Mes femmes vont arracher du sel à la terre pour toute l'année. Avec toute cette nourriture je peux même ouvrir ma porte au voyageur qui a faim, je peux m'acquitter des devoirs sacrés de l'hospitalité.

Mais si je ne cultivais que de l'arachide, qui nourrirait ma famille ? Qui nourrirait tous les voyageurs de passage à qui je dois l'hospitalité ? L'argent de l'arachide ne peut pas tous les nourrir. Réponds-moi, Abdou Thiam, ne serai-je pas obligé de venir dans ta boutique acheter de quoi manger ? Abdou Thiam, ce que je vais te dire ne va pas te plaire, mais un chef de village doit se préoccuper de l'intérêt dc tous avant son propre intérêt. Abdou Thiam, toi et moi nous sommes des égaux et je ne voudrais pas un jour devoir venir dans ta boutique te mendier du riz à crédit, de l'huile à crédit, du sucre à crédit pour les miens. Je ne voudrais pas non plus fermer ma porte au voyageur qui a faim parce que j'aurais faim moi-même.

Abdou Thiam, ce que je vais te dire ne va pas te plaire, mais le jour où nous cultiverons tous de l'arachide partout dans les villages environnants, son prix va baisser. Nous gagnerons de moins en moins d'argent et tu pourrais finir toi-même par vivre à crédit. Un boutiquier qui n'a que des clients débiteurs devient lui-même le débiteur de ses fournisseurs.

Abdou Thiam, ce que je vais te dire ne va pas te plaire. Moi Bassirou Coumba Ndiaye, j'ai connu l'année qu'on nomme "l'année de la faim". Ton défunt grand-père aurait pu t'en parler. C'était l'année à la suite des criquets, de la grande sécheresse, l'année des puits à sec, l'année de la poussière soufflant du nord, l'année du fleuve trop bas pour irriguer nos champs. J'étais un petit enfant mais je me souviens que si nous n'avions pas tout partagé pendant cette saison sèche comme l'enfer, si nous n'avions pas partagé nos réserves de mil, de haricots rouges, nos réserves d'oignons, de manioc, si nous n'avions pas partagé notre lait et nos moutons, nous serions tous morts. Abdou Thiam, l'arachide ne nous aurait pas sauvés à cette époque-là et l'argent de l'arachide ne nous aurait pas sauvés non plus. Pour survivre à cette sécheresse du diable, nous aurions certainement mangé nos semences de l'année suivante et nous aurions dû en racheter à crédit à ceux-là mêmes auxquels nous aurions vendu notre arachide au prix qu'ils décident. Dès ce moment, nous aurions été des pauvres à jamais, des mendiants à jamais ! C'est pourquoi, Abdou Thiam, même si cela ne doit pas te plaire : je dis "non" à l'arachide et je dis "non" à l'argent de l'arachide ! »

Le discours de mon père n'avait pas du tout plu à Abdou Thiam qui avait été très, très fâché, mais qui ne l'avait pas montré. Abdou Thiam n'avait pas aimé que mon père dise que c'était un mauvais chef.

Abdou Thiam n'avait pas du tout aimé qu'on mentionne sa boutique. Donc, la dernière chose au monde qu'aurait voulu Abdou Thiam était que sa fille Fary s'unisse à l'un des fils de Bassirou Coumba Ndiaye. Mais Fary Thiam en a décidé autrement. Fary Thiam s'est donnée à moi dans la petite forêt d'ébéniers avant que je parte pour la guerre en France. Fary m'aimait plus que l'honneur de son père qui n'en avait pas.

XX

La troisième chose que j'ai dessinée au docteur François, ce sont mes sept mains. Je les ai dessinées pour pouvoir les revoir en vrai, comme elles étaient quand je les ai coupées. J'étais trop curieux de vérifier comment l'ombre et la lumière, le papier et le crayon à mine allaient me les restituer, si elles allaient revivre à mes yeux aussi bien que la tête de ma mère ou celle de Mademba. Le résultat a dépassé mes attentes. Par la vérité de Dieu, quand je les ai eu dessinées j'ai cru qu'elles venaient tout juste de graisser, charger, décharger le fusil qu'elles tenaient avant que mon coupe-coupe les sépare des bras des suppliciés de la terre à personne. Je les ai dessinées les unes à côté des autres sur la grande page blanche que m'avait donnée mademoiselle François. J'ai même pris soin de dessiner un à un les poils de leur dos, leurs ongles noirs, la coupe plus ou moins réussie de leur poignet.

J'étais très content de moi. Il faut dire que je n'avais plus mes sept mains. J'avais pensé qu'il était plus raisonnable de m'en débarrasser. Et puis le docteur François avait commencé à bien me laver le dedans de la tête des saletés de la guerre. Mes sept mains, c'était la furie, c'était la vengeance, c'était la folie de la guerre. Je ne voulais plus voir la furie et la folie de la guerre, tout comme mon capitaine n'avait plus supporté de voir mes sept mains dans la tranchée. J'ai donc décidé un beau soir de les enterrer. Par la vérité de Dieu, j'ai attendu un soir de pleine lune pour le faire. Je sais, j'ai compris, je n'aurais pas dû les enterrer un soir de pleine lune. Je sais, j'ai compris qu'on avait pu me repérer de l'aile ouest de notre refuge en train de creuser le sol pour les enfouir. Mais j'ai pensé que je devais bien un enterrement sous le clair de lune aux mains des suppliciés de la terre à personne. Je les avais tués avec la complicité de la lune. La lune s'était cachée pour me dissimuler à leurs yeux. Ils étaient morts dans les ténèbres de la terre à personne. Ils méritaient un peu de clarté.

Je sais, j'ai compris que je n'aurais pas dû, car une fois que j'ai eu fini de les enterrer, rangées dans une boîte fermée avec mon cadenas mystique, en me retournant vers le refuge j'ai cru voir une ombre glisser derrière l'une des grandes fenêtres de l'aile ouest. Je sais, j'ai compris que quelqu'un dans le refuge devait avoir surpris mon secret. C'est pourquoi j'ai attendu quelques jours avant de dessiner mes mains. J'ai attendu de voir si quelqu'un me dénonçait. Mais personne n'a parlé. Alors, pour me laver à grands seaux d'eau mystique le dedans de la tête, j'ai dessiné mes sept mains. Il fallait les montrer au docteur François pour qu'elles sortent du dedans de ma tête.

Mes sept mains ont parlé, elles ont tout avoué à mes juges. Par la vérité de Dieu, je sais, j'ai compris que mon dessin m'avait dénoncé. Le docteur François, après les avoir vues, ne m'a plus souri comme avant.

XXI

Où suis-je ? Il me semble que je reviens de loin. Qui suis-je ? Je ne le sais pas encore. Des ténèbres m'enveloppent, je ne distingue rien, mais je sens peu à peu de la chaleur me prêter vie. J'essaie d'ouvrir des yeux qui ne sont pas les miens, de bouger des mains qui ne m'appartiennent pas, mais qui m'appartiendront tout à l'heure, je le pressens. Mes jambes sont là… Tiens, je sens quelque chose sous mon rêve de corps. Là d'où je viens, je te le jure, tout est immobile. Là d'où je viens, on n'a pas de corps. Mais, à présent, moi qui n'étais nulle part, je me sens vivre. Je me sens m'incarner. Je sens de la chair, baignée de sang rouge et chaud, m'envelopper. Je sens contre mon ventre, ma poitrine à venir, un autre corps bouger qui infuse de la chaleur au mien. Je le sens tiédissant ma peau. Là d'où je viens, il n'y a pas de chaleur. Là d'où je viens, je te jure qu'on n'a pas de nom. Je vais ouvrir des paupières qui ne sont pas encore les miennes. Je ne sais pas qui je suis. Mon nom m'échappe encore, mais je me le rappellerai tout à l'heure. Tiens, le corps sous le mien ne bouge plus. Tiens, je sens sa

125

chaleur immobile sous moi. Tiens, je sens, soudain, des mains me palper le dos, un dos qui ne m'appartient pas tout à fait encore, des reins qui ne sont toujours pas les miens, une nuque qui n'est pas à moi, mais que je m'approprie grâce à elles, douces qui me touchent. Tiens, les mains me frappent tout à coup le dos, les reins, me griffent la nuque. Sous leurs griffures, ce corps qui n'était pas encore le mien le devient. Je te jure qu'il est agréable de quitter le néant. Je te jure que j'y étais sans y être.

Ça y est, j'ai mon corps. Pour la première fois j'ai joui dans le dedans d'une femme. Je te le jure, c'est la première fois. Je te jure que c'est très, très bon. Jusqu'alors je n'avais jamais joui dans le dedans d'une femme puisque je n'avais pas de corps. Une voix venue de très, très loin me dit : « C'est bien mieux qu'avec la main ! » Cette voix qui vient de loin chuchote dans ma tête : « C'est fort comme le premier obus qui éclate dans le silence de l'aube et qui te retourne les entrailles. » C'est la voix qui vient de loin qui me dit encore : « Il n'y a rien de meilleur au monde. » Je sais, j'ai compris que c'est cette voix qui vient de loin qui va me donner un nom. Je sais, j'ai compris, la voix va me baptiser bientôt.

La femme qui m'a donné cette joie du corps est sous moi. Elle est immobile, les yeux fermés. Je te jure que je ne la connais pas, je ne l'ai jamais vue. D'ailleurs c'est elle qui m'a donné des yeux pour voir en s'offrant à ma vue. Je te jure que je vois avec des yeux qui ne sont pas les miens, que je touche avec des mains qui ne m'appartiennent pas.

C'est incroyable, mais je te jure que c'est la vérité. Mon dedans-dehors, comme l'appelle la voix venue de loin, est dans le corps d'une femme inconnue. Je peux ressentir la chaleur intérieure du corps de cette femme qui l'enserre de haut en bas. Je te jure que j'ai l'impression que j'habite mon propre corps depuis que j'habite celui de cette femme inconnue. Elle est sous moi, elle ne bouge pas, elle a les yeux fermés, je ne sais pas qui elle est. Je te jure que je ne sais pas pourquoi elle a accepté d'accueillir mon dedans-dehors dans son intérieur. C'est quand même drôle de se retrouver allongé sur une femme inconnue. C'est quand même drôle d'avoir l'impression d'être étranger à son propre corps.

Je vois mes mains pour la première fois. Je les agite, je les retourne de part et d'autre de la tête de cette femme sur laquelle je suis allongé. Elle a les yeux fermés. Je suis appuyé sur mes coudes. Je sens ses seins qui m'effleurent la poitrine. Je peux donc observer mes deux mains qui s'agitent près de sa tête. Moi je ne me les imaginais pas si grandes. Je te jure que je me croyais des mains plus petites, des doigts plus fins. Je ne sais pas pourquoi, mais là je me retrouve avec des mains très, très larges. C'est drôle, mais quand je replie mes doigts, quand je serre et desserre mes poings, je me trouve des mains de lutteur. Je te jure que là d'où je viens il ne me semble pas que j'avais des mains de lutteur. C'est la petite voix venant de loin qui m'a soufflé que je possédais désormais des mains de lutteur. Ça m'étonne. Il faut que je vérifie si le reste de mon corps est un corps de lutteur. Il faut vérifier l'état de mon corps qui est le mien sans l'être. Je dois détacher mon corps de la femme inconnue qui est sous moi. Elle semble endormie. C'est drôle que je ne la regarde pas trop alors qu'elle me semble belle. Moi je crois que j'aime les belles femmes. Mais d'abord il faut que je vérifie mon corps pour voir s'il ressemble à celui d'un lutteur comme le prétend la voix qui vient de loin.

Je me détache de cette belle femme aux yeux fermés allongée sous moi. C'est drôle d'entendre le bruit de nos deux corps qui se détachent. J'ai envie de rire. Ça fait un petit bruit mouillé comme celui de l'enfant qui sort vite son pouce de sa bouche quand surgit sa maman qui le lui a interdit. Cette image qui vient de loin me fait rire dans ma tête. C'est drôle aussi de se retrouver allongé près d'une femme inconnue. C'est drôle comme le cœur me bat vite de découvrir si le reste de mon corps est comme mes mains. Je lève mes bras vers le plafond de la chambre blanche. Mes deux bras : je te jure, on dirait deux troncs de vieux manguiers. Je repose mes bras le long de mon corps. Je redresse mes deux jambes droit vers le plafond de la chambre blanche : je te jure, on dirait deux troncs de bao-babs. Je rallonge mes deux jambes sur le lit et je me dis que c'est drôle de se retrouver dans un corps entier de lutteur. C'est drôle d'arriver au monde dans une si bonne condition physique. C'est drôle de se découvrir tant de force. Je te jure que je n'ai pas peur de l'inconnu, je n'ai peur de rien comme un vrai lutteur, mais c'est quand même plus drôle de naître dans un beau corps de lutteur près d'une belle femme plutôt que dans un corps de gringalet près d'une laideur.

Moi je n'ai pas peur de l'inconnu. Je te jure, je n'ai même pas peur de ne pas connaître mon nom. Mon corps me dit que je suis un lutteur et ça me suffit. Pas besoin de savoir mon nom de famille, mon corps me suffit. Pas besoin de savoir où je suis, mon corps me suffit. Pas besoin d'autre chose désormais que de découvrir la force de mon nouveau corps. Je relève une nouvelle fois vers le plafond de la chambre blanche mes deux bras épais comme des troncs de vieux manguiers. Mes mains me semblent plus éloignées de mes épaules que je ne le pensais. Je serre les poings, puis je les desserre, je les serre et les desserre encore. C'est drôle de voir les muscles de mes bras jouer sous ma peau. Mes bras sont plus lourds que ce que je pensais, ils sont pleins d'une force contenue qui me paraît pouvoir exploser à tout moment. Mais moi je n'ai pas peur de l'inconnu.

XXII

Merci, mademoiselle François ! Par la vérité de Dieu, je ne me suis pas trompé. Même si je ne parle pas le français, je sais, j'ai compris ce que voulait dire le regard de mademoiselle François sur le milieu de mon corps. Mademoiselle François n'a pas d'égale pour parler par les yeux. Ses yeux m'ont bien prévenu qu'il fallait que je me rende dans sa chambre le soir même où ils avaient effleuré le milieu de mon corps.

Sa chambre était au bout d'un couloir peint dans un blanc si éclatant qu'il brillait sous les feux de la lune derrière chacune des fenêtres devant lesquelles je suis silencieusement passé. Il ne fallait surtout pas que le docteur François sache que j'allais rejoindre sa fille. Il ne fallait pas non plus que le gardien de l'aile ouest du refuge m'aperçoive. La porte de sa chambre était ouverte. Quand je suis entré, mademoiselle François dormait. Je me suis allongé près d'elle. Mademoiselle François s'est réveillée et elle a crié parce qu'elle a cru que ce n'était pas moi. J'ai plaqué ma main gauche sur la bouche de mademoiselle François qui s'est débattue,

débattue. Mais, comme dit le capitaine, je suis une force de la nature. J'ai attendu d'être sûr que mademoiselle François ne bouge plus pour enlever ma main de sa bouche. Mademoiselle François me souriait. Alors je lui ai souri aussi. Merci, mademoiselle François, de m'avoir ouvert ta petite entaille non loin de tes entrailles. Par la vérité de Dieu, vive la guerre ! Par la vérité de Dieu, j'ai plongé en elle comme on plonge dans le courant puissant d'un fleuve que l'on veut traverser d'une nage furieuse. Par la vérité de Dieu, je lui ai donné des coups de reins à l'éventrer. Par la vérité de Dieu, j'ai senti tout à coup dans ma bouche le goût du sang. Par la vérité de Dieu, je n'ai pas compris pourquoi.

XXIII

Ils me demandent mon nom, mais j'attends d'eux qu'ils me le révèlent. Je te jure que je ne sais pas encore qui je suis. Je ne peux leur dire que ce que je ressens. Je crois en regardant mes bras comme des troncs de vieux manguiers et mes jambes comme des troncs de baobabs que je suis un grand destructeur de vie. Je te jure que j'ai l'impression que rien ne peut me résister, que je suis immortel, que je pourrais pulvériser des rochers rien qu'en les serrant dans mes bras. Je te jure que ce que je ressens ne peut pas être dit simplement : les mots pour le dire sont insuffisants. Alors j'appelle à la rescousse des mots qui pourraient sembler étrangers à ce que je veux dire pour qu'au moins, par hasard, malgré ce qu'ils signifient d'ordinaire, ils puissent traduire ce que je ressens. Pour l'instant je ne suis que ce que mon corps ressent. Mon corps essaie de parler par ma bouche. Je ne sais pas qui je suis, mais je crois savoir ce que mon corps peut dire de moi. L'épaisseur de mon corps, sa force surabondante ne peuvent signifier dans l'esprit des autres que le combat, la lutte, la guerre, la violence et la mort. Mon corps m'accuse à mon corps défendant. Mais pourquoi l'épaisseur de mon corps et sa force surabondante ne pourraient pas signifier aussi la paix, la tranquillité et la sérénité ?

Une petite voix venue de très, très loin me dit que mon corps est un corps de lutteur. Je te jure que je crois que j'ai connu un lutteur dans le monde d'avant. Je ne me rappelle pas son nom. Ce corps épais dans lequel je me retrouve sans savoir qui je suis est peut-être le sien. Peut-être l'a-t-il déserté pour m'y laisser la place, par amitié, par compassion. C'est ce que me chuchote une petite voix lointaine dans ma tête.

XXIV

« Je suis l'ombre qui dévore les rochers, les montagnes, les forêts et les rivières, la chair des bêtes et celle des hommes. Je dépouille, je vide les crânes et les corps. Je coupe les bras, les jambes et les mains. Je fracasse les os et j'aspire leur moelle. Mais je suis aussi la lune rouge qui se lève sur le fleuve, je suis l'air du soir qui agite les feuilles tendres des acacias. Je suis la guêpe et la fleur. Je suis aussi bien le poisson frétillant que la pirogue immobile, le filet que le pêcheur. Je suis le prisonnier et son gardien. Je suis l'arbre et la graine qui l'a donné. Je suis le père et le fils. Je suis l'assassin et le juge. Je suis les semailles et la récolte. Je suis la mère et la fille. Je suis la nuit et le jour. Je suis le feu et le bois qu'il dévore. Je suis l'innocent et le coupable. Je suis le début et la fin. Je suis le créateur et le destructeur. Je suis double. »

Traduire, ce n'est jamais simple. Traduire, c'est trahir sur les bords, c'est maquignonner, c'est marchander une phrase pour une autre. Traduire est une des seules activités humaines où l'on est obligé de mentir sur les détails pour rapporter le vrai en gros.

Traduire, c'est prendre le risque de comprendre mieux que les autres que la vérité de la parole n'est pas une, mais double, voire triple, quadruple ou quintuple. Traduire, c'est s'éloigner de la vérité de Dieu, qui, comme chacun sait ou croit le savoir, est une.

« Qu'a-t-il dit ? se demandèrent-ils tous. Cela ne ressemble pas à la réponse attendue. La réponse attendue ne devait pas dépasser deux mots, voire trois tout au plus. Tout le monde a un nom et un prénom, voire deux prénoms tout au plus. »

Le traducteur sembla hésiter, intimidé par l'envol de regards sévères, barrés de soucis et de colère, s'abattant sur lui. Il se racla la gorge et répondit aux grands uniformes d'une petite voix presque inaudible :

« Lui a dit qu'il était en même temps la mort et la vie. »

XXV

Je crois désormais savoir qui je suis. Je te jure, par la vérité de Dieu, que la petite voix venue de très, très loin dans ma tête me l'a laissé deviner. La petite voix a senti que mon corps ne pouvait pas tout me révéler sur moi-même. La petite voix a compris que mon corps m'était équivoque. Je te jure que mon corps sans cicatrices est un corps étrange. Les lutteurs, les guerriers ont des cicatrices. Je te jure, par la vérité de Dieu, qu'un corps de lutteur sans cicatrices, ce n'est pas un corps normal. Ça veut dire que mon corps ne peut pas raconter mon histoire. Ça veut dire aussi, ça c'est la petite voix qui me l'a dit de très, très loin, que mon corps est celui d'un *dëmm*. Le corps d'un dévoreur d'âmes a toutes les chances de ne pas porter de cicatrices.

Tout le monde connaît l'histoire de ce prince sorti de nulle part pour épouser la fille capricieuse d'un roi vaniteux. La petite voix venue de très, très loin dans ma tête me l'a rappelée. Cette fille capricieuse d'un roi vaniteux voulait d'un homme sans cicatrices. Elle voulait d'un homme sans histoire.

Le prince qui était tout droit sorti de la brousse pour l'épouser ne portait aucune cicatrice. Ce prince était d'une terrible beauté et il plut à la princesse capricieuse, mais il déplut à la nourrice de la princesse. La nourrice de la princesse capricieuse avait su, avait compris au premier regard que le prince d'une terrible beauté était un sorcier. Elle l'avait su, elle l'avait compris parce qu'il n'avait aucune cicatrice. Les princes, comme les lutteurs, portent toujours des cicatrices. Ce sont leurs cicatrices qui racontent leur histoire. Les princes, comme les lutteurs, ont besoin d'avoir au moins une cicatrice pour que les autres en fassent un grand récit. Pas de cicatrice, pas d'épopée. Pas de cicatrice, pas de grand nom. Pas de cicatrice, pas de renommée. Voilà pourquoi la petite voix dans ma tête a pris les choses en main. Voilà pourquoi la petite voix m'a laissé deviner mon nom. Car le corps que j'habite, le corps qu'on m'a légué, ne porte aucune cicatrice.

La nourrice de la princesse capricieuse a su, a compris que le prince sans cicatrices était innommable. La nourrice a averti la princesse capricieuse du danger sans nom. Mais en vain. La princesse capricieuse voulait son homme sans cicatrices, elle voulait son homme sans histoire. La nourrice a donc donné trois talismans à la princesse capricieuse en lui disant : « Voici un œuf, voici un bout de bois et voici un caillou. Le jour où tu seras poursuivie par un grand danger, jette-les les uns après les autres par-dessus ton épaule gauche. Ils te sauveront. »

Après son mariage avec le prince d'une terrible beauté tout droit sorti de la brousse, il fut temps pour elle de partir pour le royaume de son mari. Mais le royaume de son mari était dans l'inconnu. Plus la princesse capricieuse s'éloignait de son village, plus l'escorte de son mari se réduisait, comme engloutie par la brousse. Chacun reprenait sa véritable apparence – qui d'un lièvre, qui d'un éléphant, qui d'une hyène, qui d'un paon, qui d'un serpent noir ou vert, qui d'une grue couronnée, qui d'un hanneton dévoreur de bouses. Car le prince, son mari d'une terrible beauté, était un sorcier, comme l'avait deviné la nourrice. Un sorcier-lion qui la maintint longtemps en esclavage dans une caverne perdue dans la brousse.

La princesse capricieuse regrettait amèrement de ne pas avoir écouté la voix de sa nourrice, la voix de la sagesse, la voix qui prévient. La princesse capricieuse se retrouvait au milieu de nulle part. Elle était dans un endroit sans nom où le sable ressemble au sable, où l'arbrisseau ressemble à l'arbrisseau, le ciel au ciel ; un endroit où tout se confond, un endroit où la terre elle-même ne porte pas de cicatrices distinctives, un endroit où la terre n'a pas d'histoire.

Alors, dès qu'elle le put, la princesse capricieuse s'enfuit, mais le sorcier-lion se lança à sa poursuite sur-le-champ. Le sorcier-lion savait que s'il perdait la princesse il perdrait sa seule histoire, il perdrait son sens, il perdrait jusqu'à son nom de sorcier-lion. La princesse enfuie, sa terre redeviendrait la terre de personne, car c'était la princesse qui l'avait suscitée par son caprice. Sa terre ne ressusciterait que par le retour de la princesse capricieuse dans son royaume-caverne. La vie même du sorcier-lion dépendait des yeux, des oreilles et de la bouche de la princesse capricieuse. Sans elle, sa beauté sans cicatrices resterait invisible, sans sa présence, ses rugissements seraient inaudibles, sans sa voix, son royaume-caverne s'effacerait du monde.

Quand il fut une première fois sur le point de la rattraper, elle jeta par-dessus son épaule gauche l'œuf de la nourrice, qui devint un fleuve immense. La princesse capricieuse crut se sauver, mais le sorcier-lion but toute l'eau du fleuve. Quand il fut une deuxième fois sur le point de la rattraper, elle jeta par-dessus son épaule gauche le petit bâton de la nourrice, qui devint une forêt impénétrable. Mais le sorcier-lion parvint à l'abattre, à la déraciner. Quand le sorcier-lion fut une troisième fois sur le point de la rattraper, la princesse capricieuse pouvait presque voir le village de son père et de sa nourrice. Elle lança par-dessus son épaule gauche le dernier talisman, le petit caillou, qui se transforma en une haute montagne que le sorcier-lion gravit et dévala à grands bonds. Malgré ce dernier obstacle mystique, le sorcier-lion la talonnait encore. Elle n'osait pas se retourner, de peur de rapprocher plus vite d'elle l'image du danger lointain. Elle entendait le roulement de ses pas battant la terre. L'homme-animal courait-il sur ses deux jambes ou sur ses quatre pattes ? Elle croyait entendre son halètement de fauve. Elle sentait déjà son odeur de fleuve, de forêt et de montagne, de bête et d'homme lorsque survint l'improbable. Un chasseur portant arc et flèches surgit de nulle part. Le sorcier-lion qui bondissait sur la princesse capricieuse fut tué d'une flèche en plein cœur. Ce fut la première et la dernière plaie du sorcier-lion. C'est grâce à elle qu'on peut désormais raconter son histoire.

Quand le sorcier-lion s'abattit dans un nuage de poussière jaune, on entendit un grand bruit grondant du fin fond de la brousse. Le sol trembla, la lumière du jour vacilla. Le royaume-caverne, royaume du dedans de la terre, s'élevait dans la lumière du soleil. De hautes falaises fracturaient avec fracas le cœur du royaume innommable du sorcier-lion. Tout le monde pouvait voir ces falaises monter dans le ciel de la brousse. Le royaume-caverne était désormais repérable par ces hautes cicatrices de terre. C'est grâce à elles qu'on peut désormais raconter l'histoire de ce royaume.

Le chasseur-sauveur était le fils unique de la nourrice aux trois talismans. Le chasseur-sauveur était laid, le chasseur-sauveur était pauvre, mais il avait sauvé la princesse capricieuse. En récompense de sa bravoure, le roi vaniteux maria sa fille capricieuse au chasseur-sauveur qui était couvert de cicatrices. C'était un homme à histoires.

Je te jure que l'histoire du sorcier-lion je l'ai entendue tout juste avant de partir à la guerre. Cette histoire, comme toutes les histoires intéressantes, est une courte histoire pleine de sous-entendus malins. Celui qui raconte une histoire connue comme celle du sorcier-lion et de la princesse capricieuse peut y dissimuler une autre histoire. Pour être aperçue, l'histoire cachée sous l'histoire connue doit se dévoiler un tout petit peu. Si l'histoire cachée se cache trop derrière l'histoire connue, elle reste invisible. L'histoire cachée doit être là sans y être, elle doit se laisser deviner comme un habit moulant couleur jaune safran laisse deviner les belles formes d'une jeune fille. Elle doit transparaître. Quand elle est comprise par ceux à qui elle est destinée, l'histoire cachée derrière l'histoire connue peut changer le cours de leur vie, les pousser à métamorphoser un désir diffus en acte concret. Elle peut les guérir de la maladie de l'hésitation, contre toute attente d'un conteur malintentionné.

Je te jure que l'histoire du sorcier-lion je l'ai entendue la nuit, assis sur une natte étendue sur du sable blanc, en compagnie de jeunes gens et de jeunes filles de ma classe d'âge, sous la protection des branches basses d'un vieux manguier.

Je te jure que, comme tous ceux qui ont écouté ce soir-là l'histoire du sorcier-lion sans cicatrices, j'ai su, j'ai compris que Fary Thiam l'avait prise pour elle. Je le sais, je l'ai compris quand Fary Thiam s'est levée pour prendre congé de nous. Je sais, j'ai compris que Fary se moquait qu'on la voie comme une princesse capricieuse. Je sais, j'ai compris qu'elle désirait le sorcier-lion. Quand Alfa Ndiaye, mon plus que frère, l'homme au totem lion, s'est levé à son tour, peu après Fary, je sais, j'ai compris qu'il allait la rejoindre dans la brousse pour s'unir à elle. Je sais, j'ai compris qu'Alfa et Fary se sont retrouvés dans la petite forêt d'ébéniers non loin du fleuve en feu. Fary s'y est donnée à Alfa avant que nous partions tous les deux le lendemain

142

pour la guerre en France. Je le sais parce que j'étais là-bas sans y être, moi, son plus que frère.

Mais à présent que j'y pense profondément, maintenant que je me retourne sur moi-même, par la vérité de Dieu, je sais, j'ai compris qu'Alfa m'a cédé une place dans son corps de lutteur par amitié, par compassion. Je sais, j'ai compris qu'Alfa a entendu la première supplication que je lui ai lancée du tréfonds de la terre à personne, le soir de ma mort. Parce que je ne voulais pas rester seul au milieu de nulle part sous une terre sans nom. Par la vérité de Dieu, je te jure qu'à l'instant où je nous pense, désormais lui est moi et moi suis lui.

RÉALISATION : NORD COMPO À VILLENEUVE-D'ASCQ
IMPRESSION : CPI FRANCE
DÉPÔT LÉGAL : OCTOBRE 2019. N° 141083 (3035132)
IMPRIMÉ EN FRANCE